Bienvenidos a Spanien

CARLOS CLAVIJO

Bienvenidos a Spanien

mr

El papel utilizado para la impresión de este libro es cien por cien libre de cloro y está calificado como papel ecológico

Ediciones Martínez Roca es un sello editorial de Ediciones Planeta Madrid, S. A.
C/ Josefa Valcárcel, 42. 28027 Madrid
www.mrediciones.com
www.planetadelibros.com
Primera edición: Enero de 2015
ISBN: 978-84-270-4162-2
Depósito legal: B. 26.469-2014
Preimpresión: MT Color & Diseño, S. L.
Impresión: Unigraf, S. L.

Impreso en España-Printed in Spain

A mi madre, que, con su talento para la cocina,
me convirtió en cliente asiduo de Telepizza.

18 de junio de 2014

Estimado profesor Helmut:

Como sabe, la Universidad de Heidelberg le ha seleccionado para terminar el estudio que el desaparecido catedrático Klaus Grunzenhauser elaboraba sobre el turismo en España.

Le hemos elegido porque en los veinticinco años que lleva como profesor no ha realizado usted ninguna estancia en el extranjero. Tampoco parece muy aficionado a los viajes, a los seminarios en otras ciudades de Alemania o a las publicaciones en medios de prestigio. De hecho, nos preguntamos qué narices ha estado usted haciendo durante estos últimos veinticinco años.

El informe que va a concluir servirá para que el sector turístico alemán adopte los ejemplos del exitoso modelo español, única parcela de dicha economía que aún no precisa respiración asistida.

Imagino que, tras la sorpresa inicial, se preguntará: ¿qué puedo añadir yo a este campo?

En primer lugar, debo recordarle que, en los tiempos actuales, el mero estudio estadístico ya no es suficiente. Se precisa ir más allá. Por eso queremos que se comporte como un turista medio alemán y que, de paso, anote sus propias sensaciones en un diario. La disrupción que generará su experiencia nos permitirá conocer las fortalezas y debilidades de nuestros competidores. Aunque hay cosas que no podrá explicar —por ejemplo, bajo qué extrañas mutaciones genéticas pudieron surgir los españoles—, es evidente que sus recomendaciones servirán para introducir mejoras en el turismo alemán.*

Por último, le emplazo a que —en la medida de lo posible— trate de averiguar qué ha ocurrido con el profesor Klaus, por qué ha desaparecido, por qué no acude a su trabajo, cuál es su paradero y, sobre todo, por qué desde hace meses no justifica los gastos ni reintegra las cantidades que le fueron adelantadas. Como puede imaginar, nos encontramos muy intrigados. Nos preocupa que este misterio esconda algún hecho delictivo que empañe la excelsa imagen de nuestra institución.

Ya para finalizar, le anuncio que sus conclusiones se harán públicas en una conferencia de prensa que tendrá lugar el 1 de octubre de 2014, a las doce de la mañana, en el auditorio de la Biblioteca Palatina de la Universidad de Heidelberg. Le ruego que para entonces sea puntual.

* Le recuerdo que el sector turístico en Alemania genera un 4,2 % del PIB. En cambio, el sector turístico en España aporta un 12 %.

Entretanto, le adjunto el borrador que Klaus nos envió el 4 de mayo pasado. Le recuerdo que tiene usted unas pocas semanas para viajar al país, recabar los datos necesarios y completar el informe.

Hasta entonces, le deseo mucha suerte en su misión.

Firmado atentamente:

Greta Achenbach
Departamento de Economía
Universidad de Heidelberg

VIERNES 20 DE JUNIO

05:04 P.M.

Acabo de recibir la carta de la universidad y ya me siento angustiado. Me veo incapaz de cumplir con un encargo así.

Tras leer la misiva, mi primer impulso ha sido comenzar el diario que ahora leen. Como pueden imaginar, un puñado de sensaciones contradictorias se acumulan en mi cabeza. Algo me dice que mi misión no va a resultar sencilla. Poseo el carisma de un contable y recopilar información, extraer datos de la interacción con otras personas mediante esa herramienta conocida como conversación, me va a costar horrores. Para esta tarea estimo que hay profesores mejor preparados que yo.

Me explico: mi pronunciada altura y mi elevado grosor me han tenido acomplejado desde que era un adolescente. Ahora tengo cincuenta años, pero siempre he sido un calvo precoz. Perdí todo el cabello a los quince.

Ya cercano a la treintena, decidí someterme a un injerto de pelo en una clínica de Checoslovaquia. Pero me arrepentí a mitad del proceso, por lo que, ahora, en mi calva se perciben mechones y puntos negros como en las cabezas de las muñecas de plástico. Imagino que todo ello ha afectado a mi autoestima de manera medular.

Por si eso no bastara, debo lidiar con el asunto de mi elevado peso y mi desproporcionada altura. Tampoco es cuestión de empezar a fustigarse, pero entre unas cosas y otras la inminencia de este viaje me tiene sumido en un atroz estado de nervios. A lo largo de mi vida he viajado muy poco. Siendo sinceros, romper con mis rutinas, sumergirme en un mundo desordenado y caótico no va conmigo.

07:00 P.M.

Decido acudir al despacho de un colega de la universidad: el profesor Otto Rackords. Delgado, de facciones angulosas y con fama de poseer una mente rápida, mi colega siempre me ha orientado cuando ha hecho falta. Es decir, todas las semanas.

Otto viste pajarita y trajes de *tweed* con veteados grises y rojos. Además, posee un conocimiento profundo de la vida que le ha llevado a deducciones muy útiles para un soltero, como que no hay que comprar las albóndigas que venden en IKEA.

Me siento a duras penas en el estrecho sillón de cuero que hay frente a su mesa. El profesor me invita a tomar un café, me ofrece unas pastas y comento con él todos mis temores. Al minuto, Otto me monta un pollo porque, en un abrir y cerrar de ojos, me he zampado toda su caja de galletas. Pero mis ataques de hambre son así de inesperados. Sin duda, fruto de la ansiedad.

Tras pasar por alto tan incómodo incidente, saltamos al tema de nuestro encuentro. Entonces le explico el pánico que siento por mi viaje a España. Para mi sorpresa, mi colega se declara un gran amante del mundo latino:

—No tiene usted nada que temer, profesor Helmut —afirma, exhalando el humo de su pipa—. Voy a hacer que pierda el miedo a ese viaje. ¿Qué le parece si le invito a cenar al restaurante español La Bodega, aquí, en el mismo Heidelberg?

09:00 P.M.

Nos desplazamos hasta esa fabulosa casa de comidas. Una vez dentro, mientras miro la carta, el profesor vuelve a alardear de ser un gran conocedor de la cultura española. Y no sólo eso, también de sus costumbres y de su gastronomía. Cuando aparece el *maître*, ordena que traigan una paella y le pide dos pares de palillos para el arroz y dos vasos de sake.

11:28 P.M.

Después de la copiosa comida, regreso caminando a pie, algo cocido. Voy dando tumbos y, sin querer, derribo algunos cubos de basura.

De manera inesperada, un Mercedes blanco con franjas verdes frena a mi lado. Es la Polizei, la policía alemana.

Dos agentes enormes descienden dando un portazo y me reclaman la documentación con muy malas pulgas. No sé a qué vienen estos modales. Puede que se deba a que en estos momentos estoy haciendo pis en un escaparate de Benetton.

Sábado 21 de junio

6:30 A.M.

Una suave brisa agita la copa de los árboles. Estoy en el aeropuerto de Fráncfort y un espejo me devuelve mi propia imagen: la de un cincuentón calvo, con cuerpo de pera y expresión facial bondadosa. Desde luego, creo que mi aspecto lechoso impedirá que pase desapercibido entre la oscurecida tribu española.

De alguna forma, siento que esta aventura me transformará, pero aún no sé bien cómo. Noto cierto cosquilleo, como si se apoderara de mí un profundo pavor hacia los pueblos del sur.

Por un segundo, pienso en los exploradores alemanes que visitaron el Congo en el siglo XIX. Sé que no hay que fiarse de las apariencias. Cuando mis compatriotas llegaron a África, los aborígenes les brindaron una estupenda ceremonia de bienvenida. Tras los bailes y la ofrenda de regalos, los metieron en una olla y los transformaron en sopa con tropezones.

¡Ay, Dios! Pensar en esta aventura me causa demasiado dolor.

7:00 A.M.

Supero el control de embarque.

He tenido que sacarme las monedas del bolsillo, las llaves, quitarme el cinturón y los calcetines. Al ver a tanta gente —sobre todo a chicas— que se desvestían, se quitaban la chaqueta y los zapatos, he entendido lo que no era y me he puesto algo palote.

7:08 A.M.

¡Vaya, el espacio de los asientos se me hace demasiado reducido!

Tras un poco de espera dentro del aparato, ahora estamos a punto de despegar. La verdad es que me noto inquieto. En especial, porque el piloto acaba de preguntar por megafonía si alguien puede traerle tres pastillas de Alka-Seltzer.

Creo que es para preocuparse porque, hace unos minutos, cuando entré en el avión y el comandante me estrechó la mano, sentí un tufo a caipiriña. Entonces no le di la mayor importancia, pero acabo de recordar que es el mismo piloto al que vi antes durmiendo sobre un carrito con maletas. *Oh, mein Gott!*

7:10 A.M.

Un ayudante de vuelo de Ryanair se dirige al pasaje por megafonía. Nos pregunta si alguien puede conectarse al iTunes para bajarse una aplicación con la ruta de vuelo Fráncfort-Madrid.

A continuación, veo a las azafatas avanzar hacia la cabina con varios termos de café. Cinco minutos más tarde, se encienden las turbinas y comenzamos el despegue.

El avión engulle la pista oscilándose a izquierda y derecha. Cuando parece que vamos a estamparnos de frente contra un Airbus, la nave vira y se alza.

Con lengua estropajosa, el piloto nos da la bienvenida. Nos dice que en cuanto logre enderezar la nave continuaremos con el concurso de karaoke.

Como no se muestra muy ducho con el alemán, comienza a usar un idioma que parece inglés pero en un dialecto desconocido por mí. Le pregunto a un viajero y me dice que se trata de inglés de los montes de Málaga. Variante que recuerda al inglés de los indios sioux. Y al que usan los políticos españoles cuando hablan ante la CNN.

7:30 A.M.

Trato de relajarme. De la cesta del asiento delantero tomo un ejemplar aceitoso y manoseado de la revista *Ronda Iberia.* Recorriendo sus páginas, entro en contacto con los principales líderes y artistas de la pujante cultura española.

Me topo con intelectuales conocidos como Ana Obregón, dramaturga y bailarina picante. Con Marianico el Corto y con un científico loco llamado señor Punset. Este individuo recibe dinero del gobierno español para hacer creer que en su nación existe algún interés por la ciencia. Por si fuera poco, el señor Punset suele aparecer en televisión con los pelos erizados como si acabara de meter los dedos en un enchufe. Ojeando esta revista descubro que el susodicho combina su faceta divulgativa con protagonizar anuncios de pan Bimbo Natural 100%.

07:46 A.M.

La aeronave sigue flotando sobre las nubes. Dado mi considerable volumen, he logrado entrar a presión sobre el asiento. Creo que va a resultar un engorro pedir ayuda para que me alcen cuando quiera ir a orinar. Durante el vuelo, leo un artículo sobre la Tomatina de Buñol, una fiesta en la que los vecinos se arrojan tomates a la cara. Después de hacer un rápido repaso a la prensa española, compruebo que arrojarse cosas a la cara parece ser una atávica costumbre nacional.

08:00 A.M.

Llevamos una hora en el aire. El menú de la compañía me ofrece la posibilidad de degustar platos típicos españoles como la pizza *prosciutto*, el pollo cajún o las fajitas de Acapulco.

Deseo comer algo sano. Quizás una ensalada o algo de verde. Pero lo más cercano que tienen a un vegetal es una bolsa de patatas fritas con sabor a remolacha.

Enseguida compruebo que el valor añadido que esta aerolínea ofrece al pasajero equivale al coste de una bolsa de cacahuetes de 25 gramos.

Mientras observo las nubes, pienso que este viaje puede ser una terapia que me ayude a salir del cascarón. En los años que llevo como profesor en Heidelberg apenas he dado clases. Como me temblaba la voz y se me nublaba la vista, la universidad decidió retirarme de la primera línea de fuego y mantenerme en los sótanos de la retaguardia, entre códices, memorándums y compendios de economistas rusos, en especial de Aleksandr Chayanóv y su obra de 1925 *La unidad económica campesina,* a la que he dedicado los últimos veinticinco años de mi vida.

08:25 A.M.

Dejo de pensar en mis neuras. Y vuelvo a la tarea encomendada. Como si fuera un agente infiltrado tras las líneas enemigas, dedico algo de tiempo a estudiar el funcionamiento de la aerolínea. Para constatar la atención al pasajero, pulso el botón de aviso a la azafata. A los diez minutos me llega una chica que trae una tetera y masca chicle haciendo muecas desafiantes. Posee la arrogancia típica de la persona que no ha logrado terminar sus estudios primarios.

—Estese quieto con el puto botoncito —me suelta.

En inglés, le explico que deseo el menú para intolerantes a los lácteos, dado que no puedo ingerir productos que contengan derivados de la leche. La azafata me mira con desprecio y me replica:

—Pues es lo que hay. O se come el bocadillo de panceta con pimientos fritos o le van dando por el ojete. Allá usted, porque a mí, plim.

Así que levanto la mano para rebatirle. Le digo que la panceta contiene lactosa. Pero la camarera de vuelo sujeta con fuerza la tetera y me mira con mala uva, calibrando si arrojarme el agua hirviendo a la cara o no. Como intuyo que ya ha tomado la decisión de desfigurarme, o de fingir un accidente sobre mi entrepierna, le pido perdón, agacho la cabeza sobre la revista y sigo a lo mío.

El resto del vuelo lo he pasado triste y con hambre, mirando a la cabina del piloto, embutido en mi pequeño asiento donde los dos jamones de mis muslos se rozaban entre sí.

08:50 A.M.

Atravesamos un cúmulo de nubes renegridas y la nave comienza a vibrar. Clavo mis manos en el asiento e intento cerrar los ojos para relajarme. Luego la cosa se calma. El cielo deja de tener un aspecto tenebroso y lentamente aparece el sol. Cuando volamos sobre las cúpulas nevadas de los Pirineos, un intenso olor a queso de cabra y a naftalina inunda el avión. Por fin estamos llegando a España.

08:40 A.M.

Desde la ventanilla, observo el paisaje que tengo debajo. Ciertamente, no imaginaba que España fuese un país tan seco. Lo creía más verde y frondoso. Los informes económicos que manejo indican que se han construido tantos campos de golf como para que una ardilla atraviese el país saltando de un banderín de hoyo de golf a otro. La pregunta es: ¿de dónde sacan el agua?

09:00 A.M.

Aterrizamos.

Mientras el avión se desliza por la pista en dirección a la puerta de embarque, los pasajeros desoyen la advertencia de permanecer sentados. Se ponen de pie, extraen sus maletas y avanzan por el pasillo dándose codazos. En ese instante, el pasajero de detrás me dice:

—¡Vamos, hostia, muévete, que pareces tonto!

09:02 A.M.

Al cruzar ante la cabina del piloto, hago ademán de despedirme y me asomo al interior. Pero veo al capitán durmiendo y roncando sobre los mandos.

09:36 A.M.

¡Por fin en Barajas!

La terminal posee techos ondulados y en ella abundan los pasillos y las columnas. Frente a los datos publicados por la prensa extranjera, no encuentro signos de derroche en la construcción de este aeropuerto. Al contrario, creo que sus arquitectos fueron muy previsores. El edificio se diseñó con techos altos y buena acústica para que, en caso de quiebra, se pudiese reconvertir en sala de conciertos.

09:45 A.M.

Como compruebo ahora mismo, el sistema de pasillos de la T4 parece la obra de un chimpancé atiborrado de Lacasitos. Pero los pasajeros no pierden la esperanza y recuerdan a los Martínez, una familia de Reus que estuvo dando vueltas por sus escaleras mecánicas durante todo el mes de mayo de 2006.

10:03 A.M.

Sigo andando. Ando. Ando más. Me duelen las piernas y vuelvo a tener un hambre pantagruélica.

10:15 A.M.

Encuentro un abrevadero al que aquí denominan «cafetería».

Me doy un paseo por el bufet y compruebo que predominan los precios populares, como el bocadillo de tortilla de patatas a 14 euros, lo que me hace deducir que, o bien los españoles ganan mucho dinero o bien viajan siempre con el estómago vacío. Me inclino por la segunda opción.

10:31 A.M.

Salgo al exterior. La luz me hiere en los ojos. Un golpe de aire caliente me atiza en la cara. La temperatura de Madrid parece propia de El Cairo. Incluso la gente parece propia de El Cairo. A sus aborígenes sólo les faltan las babuchas.

Tengo dos opciones: o coger un taxi o pillar un autobús que me acerque al centro.

Un señor bajito con un diente de oro decide por mí. Antes de que me dé cuenta, me coge del brazo, tira del carrito de mi maleta y me monta en su vehículo. Lo primero que invade mi pituitaria es un rancio aroma a cenicero mezclado con olor a culo sucio. La radio, eso sí, brama malas noticias a todo volumen.

10:42 A.M.

En el trayecto hasta la Puerta del Sol, pasamos por Alpedrete, Cuenca, Guadalajara y Toledo. El marcador del taxi indica: «Euros 800».

12:36 P.M.

En inglés, le digo al taxista que fue un error construir el aeropuerto a tantos kilómetros del centro.

El hombre se encoge de hombros y me indica:

—*The road is* petada.

A toda prisa, me vuelvo hacia mi diccionario y busco el significado. 'Petada': llena.

—Ajá —contesto.

He comprendido.

Pero el conductor se gira y me aclara:

—Es que el verbo 'petar' aquí lo usamos mucho. Mira, ¿ves a esa conductora de allí, la pija del Volvo?

Me giro. La observo. Se trata de una joven morena de gran atractivo. El taxista continúa:

—Pues bien. Yo a esa le petaba el cacas. ¿Entiendes?

Y me suelta una risotada cavernosa.

Me quedo un poco desconcertado y enseguida frena:

—Oye, guiri, que ya estamos. *You have el parné or not?*

Aturdido, me asomo por la ventanilla y observo que a mi alrededor las calles están llenas de gente. Es mediodía de un martes. ¿Qué hacen todos los españoles en la calle? ¿Por qué no están en sus trabajos?

Entonces el taxista sale del coche, me abre la puerta y me dice:

—Hale, que tengo prisa. Espabila, que pareces lelo.

Le pago, luego tose tres veces, escupe una pasta negruzca contra el suelo y arranca quemando llantas.

Me quedo en la calle sin saber qué hacer, como el economista grandote, desamparado y perplejo que soy. Madrid me ha recibido con olor a torrezno, churros fritos y gasolina.

De pronto, caigo en la cuenta. Me rasco la coronilla y comprendo que el taxista se ha llevado mi maleta Samsonite modelo 4 ruedas 360º. Como soy profesor de universidad, el valor de mi ropa —calzoncillos, calcetines, pantalones y camisas— es escaso. Eso sí, la maleta cuesta 400 euros.

01:00 P.M.

Envío un telegrama a la Universidad de Heidelberg. Pido que me manden 2.000 euros. Me preguntan con sequedad si ya empiezo a comportarme como el gobierno español.

01:15 P.M.

Desciendo con la lengua fuera por la bulliciosa calle del Carmen. En una bolsa arrastro las cuatro pertenencias que he logrado salvar del taxista ladrón. Me calmo, respiro profundamente y pienso en la mejor estrategia a seguir.

Para ir conociendo la amplia gama hotelera de nuestros competidores, opto por un establecimiento de gama media. Un dos estrellas llamado Fonda Mariano, situado en un edificio construido en 1845, pero cuya última póliza contra incendios se abonó en 1876, dejándose a deber las mensualidades que abarcan desde principios del año 1876 hasta mediados de 2014.

Forman parte de la fonda la señora Concha, una mujer de piel morena y cabello color azabache, su hija de catorce años y su esposo, el señor Paco, un jubilado de Correos por un problema de rodilla. Paco no viene mucho por la fonda porque pasa las tardes jugando al fútbol de portero.

Como viene siendo costumbre en el país, Melodie, la hija adolescente, ya está embarazada. En su caso ha tenido suerte y serán gemelos, lo que permitirá que su madre tarde menos en localizarlos cuando les lleve el bocadillo al recreo.

01:46 P.M.

El trato de la señora Concha es muy agradable. Manotea mucho al hablar y, por lo que entiendo de su veloz castellano, dice que los extranjeros estamos muy blancos porque comemos poca morcilla. Después saca un plato de sopa hirviendo. Le pregunto con un gesto que cómo se llama y me dice que Concha. Le señalo al plato y me dice que eso es un CO-CIDO. Tras comerlo, comienzo a sudar mucho y me quedo en un estado parecido al del presidente Rajoy en sus momentos más vitales. Noto que la grasa de la carne ha debido de formar como una barrera o tope entre mis células, lo que dificulta la comunicación eléctrica entre ellas. Sólo tengo tiempo de anotar en mi diario que he ingerido la variante conocida como *cocido con fideos y pringá.*

A continuación, me desmayo y mi cerebro se va a negro. Dos horas más tarde, me despierto con un hilillo de baba colgando y escribo a mis superiores alemanes para pedirles perdón. La idea de haberme saltado mi propio código deontológico me agobia. Para que entiendan la razón de lo ocurrido, mando por fax la receta a Berlín.

500 g de garbanzos
1/2 repollo
1/2 kg de zanahorias pequeñas
6 patatas medianas
1/2 kg de morcillo
1/4 de gallina
2 huesos de caña o añojo
1 chorizo

1 morcilla
1 punta de jamón serrano
150 g de tocino veteado
2 puñados de fideos muy finos
Sal
1 diente de ajo
1 cucharada sopera de perejil picado
Aceite de oliva

La respuesta de Berlín es de furia incendiaria y honda indignación.

El accidente del cocido me deja melancólico y me arrastra a una conclusión muy clara. Otras naciones han logrado hacer franquicias de sus grandes platos nacionales. Alemania, con las salchichas Frankfurt. Estados Unidos, con las hamburguesas. Italia, con las pizzas. Turquía, con el kebab. Japón, con el sushi. Sin embargo, el cocido español se resiste a ser franquiciado. Parece que es difícil encontrar en Europa a gente que soporte el olor a rancio de los huesos de añojo.

03:52 P.M.

La señora de Paco se acerca y me pregunta algo. Entiende que el plato quema mucho, así que empieza a soplarme. El menú alternativo consistía en sopa de cocido de primero, filete empanado de segundo y natillas con galleta de postre. Como no puedo con todo, la señora Concha me lo guarda en la nevera y me dice que allí tengo la cena para la noche. La verdad, me gusta el concepto español de *pensión completa,* un servicio del que también disfruta la Familia Real española.

03:55 P.M.

Descanso un rato tumbado en la cama. Observo la habitación. En el lavabo hay un bote de colonia de rosas, dos bolsitas con champú y unas bragas en remojo. Se lo digo a la señora Concha. Me dice que disculpe y me cambia de habitación.

04:05 P.M.

Echo un vistazo a mi nuevo dormitorio. Veo un armario de color caoba oscuro que podría tener ochenta años. La puerta se encuentra sujeta con una cuerda. El espejo interior tiene lamparones. La cama luce una colcha de croché y unas manchitas marrones que parecen provocadas por cigarrillos. Esas manchas se hallan también en otras zonas de la habitación. Me pregunto si se trata del estilo de decoración de la fonda madrileña clásica.

Un poco después, veo unas muescas en el muro, sobre el cabecero de la cama. Parecen arañazos. Pregunto a la señora Concha y me dice que, efectivamente, en ese lecho falleció una de sus abuelas. Las muescas en la pared se deben a que durante su agonía se agarraba con uñas a la vida.

Desde fuera me llega el ruido de una ambulancia. Un obrero da martillazos en una ventana de metacrilato. Una vecina zapatea por faralaes. En la radio, un señor que se llama Luis del Olmo afirma muy orgulloso que estuvo 40 años levantándose a las 4 de la mañana para hacer su programa. No faltó ni un solo día. ¿Será alemán? No, es del Bierzo.

04:45. P.M.

Detrás de la puerta de la nueva habitación hay un calendario del año 2014 con una imagen de San Pancracio. Me levanto y lo estudio con asombro.

Arranco la hoja del mes próximo y decido enviarla a Berlín para que las autoridades adopten las sanciones económicas oportunas.

La hoja dice esto:

CALENDARIO LABORAL ESPAÑA

6 de agosto. Festivo. San Esteban.

7 de agosto. Festivo. San Justo, patrón de los martirizados.

8 de agosto. Puente de los Remedios.

9 de agosto. Puente de Triana.

10 de agosto. Fin de semana.

11 de agosto. Fin de semana.

12 de agosto. Libre. Vacaciones que sobraron de 2013 y se incorporaron al calendario de 2014.

13 de agosto. Media jornada laboral. Se sale a las tres de la tarde.

14 de agosto. Huelga.

15 de agosto. Jornada de reflexión.

16 de agosto. Twitter, Facebook y Badoo.

04:50 P.M.

La señora Concha me dice que pasaré menos calor en Madrid si me quito el jersey de lana y los calcetines. Me ofrece un calzado denominado en español *chanclas*.

Cuando me ve descalzo y con el nuevo atuendo, me ofrece también un artilugio denominado *tijeras para las uñas de los pies*. Mi operación de higiene deja sobre el lavabo diez uñas del tamaño de una concha de mejillón.

Después, me pongo ropa holgada de la talla XLLL-LLLL. El clásico uniforme del turista: pantalones cortos y camisa de flores.

Sólo entonces me bajo a dar un trotecillo por las calles del centro, como si fuera un feliz jabalí. Me dispongo a saborear una sobremesa del mes de junio en la capital.

04:55 P.M.

¡Ay, qué calor! ¡Ay, qué agobio!

No sopla ni una brizna de aire.

Como decimos en alemán: *Scheiße!*

04:56 P.M.

El sol cae a plomo, la mayoría de las aceras se encuentran desiertas y no hago más que sudar. ¿Cómo puede un ser humano vivir bajo estas condiciones ambientales?

05:10 P.M.

En mi camisa ya se han dibujado unos surcos húmedos que me confieren un aspecto nauseabundo. No sé cómo los madrileños pueden respirar esta mezcla de carburantes y calor tórrido. Puede que el contexto ambiental les nuble el juicio. Y que la falta de sentido común de muchas de sus decisiones políticas venga motivada por el aire pútrido que se meten en sangre.

05:22 P.M.

El calor aprieta algo más.

En este rato me bebo 6 botellas de 0,5 litros de agua a 23 euros la unidad.

Noto que me han bajado el precio por ser yo ciudadano alemán y porque, en cada esquina del país, se respira muchísima simpatía hacia la canciller Merkel.

05:30 P.M.

El pavimento arde y respirar produce quemazón. Los cinco gorriones que revoloteaban alrededor de la cúpula de la iglesia han caído en picado tras sufrir un síncope. Con tanto calor, enseguida compruebo que permanecer hidratado resulta vital. De lo contrario, en mi torrente sanguíneo se formaría una plasta similar a la salsa de callos, lo que dificultaría mi discernimiento y me conduciría a realizar acciones poco lógicas, como ordenar la construcción de aeropuertos y pantanos sin ton ni son.

Buscando algo de fresco, entro en una tienda. Veo banderas rojigualdas, escudos del Real Madrid, pequeños Quijotes de hojalata, flotadores, castañuelas, figuritas de toreros y gitanas. También compruebo que en este establecimiento no tienen el aire acondicionado encendido porque no quieren que los clientes piensen con la cabeza fría.

Echo una ojeada y compro unas gafas ahumadas y una gorra de la Selección Nacional Española. También me agencio una biografía del antiguo seleccionador nacional Javier Clemente. Creo que me va a servir para aplastar contra la pared a las moscas de la habitación.

05:46 P.M.

Salgo algo mareado de la tienda y vislumbro una enorme masa oscura que se proyecta sobre las baldosas de la Gran Vía: ¡es mi propia sombra!

Pero eso no es todo. Estoy alarmado. ¡La canícula me está convirtiendo en una turbina de producir sudor!

Me seco la frente con un pañuelo y noto que algunas personas intentan colocarse a mi amparo, como si yo fuera un parasol. Pero la dueña de una tienda de bragas me pide que me aparte del escaparate porque estoy eclipsando la luz que entra en su negocio. Imagino que les llena de curiosidad ver a un gigantón alemán, con la piel enrojecida, bamboleándose con sofoco entre sus calles.

En los bulevares se percibe un hormigueo de mendigos y señoras peinadas con laca no exento de cierto encanto. Deambulo un buen rato fijándome en cada detalle que captan mis ojos. Cientos de turistas de diversas nacionalidades surcan las arterias. Japoneses siguiendo el banderín de un guía. Noruegos con forro polar, sandalia y calcetín gris perla. Estudiantes negros de Harlem con gorra de béisbol o familias hindúes con turbante sij. Capto una sensación eléctrica, de zoco pobre, como si de alguna forma los españoles esperasen la venida de algo excepcional, quizás un platillo volante o la aparición de un buen trabajo.

05:58 P.M.

Me siento a descansar en una terraza. No puedo más. Pido una jarra de limonada. Cuando me la zampo, mi sistema vital se estabiliza. Entonces empiezo a reconocer que la viveza del sol y las pieles tostadas suponen para el forastero toda una inyección de alegría.

Me propongo averiguar dónde se encuentra el atractivo, cuál es la fórmula secreta que hace que millones de extranjeros acudan cada año a dejarse sus ahorros en las tabernas y en los establecimientos hoteleros de este llamativo país. La pregunta es: ¿podríamos recrear las mismas condiciones de vida en Alemania?

Investigo, observo, analizo, comparo. Pero los primeros datos son rotundos: Madrid es la única capital europea que tiene 1 Museo de la Ciencia y 17 Museos del Jamón. Es decir, que me da que no.

06:09 P.M.

Doy una última vuelta por el centro antes de regresar a mi habitación.

Sentado en una terraza, me tomo una cerveza. Al segundo, el camarero me arroja un plato con una longaniza reseca a modo de tapa. Entonces, echo un vistazo a una guía de viajes que acabo de agenciarme en un quiosco. Me pongo al día en historia. Parece ser que el país ha cambiado mucho y que el gran cambio en España se produjo en 1982, cuando los médicos empezaron a lavarse las manos.

Pasando las páginas del libro, compruebo que la Península cuenta con una gran cantidad de ciudades monumentales en las que pueden rastrearse las ocupaciones llevadas a cabo por los romanos, los árabes, los fenicios, los godos y el Burger King.

06:30 P.M.

Visito la Plaza Mayor, en el mismo corazón de Madrid. Se trata de una plaza porticada de planta rectangular con arcadas para su acceso. La guía me explica que, en otro tiempo, en el lugar se llevaron a cabo autos de fe y las inevitables corridas de toros. Dependiendo de los vaivenes políticos del país, se la llamó Plaza de la Constitución, Plaza Real, Plaza de la Constitución, Plaza Real, Plaza de la Constitución, Plaza Real, hasta que en un raro consenso pasó a denominarse Plaza Mayor.

Siguiendo los consejos de la guía, entro en una taberna y adquiero un plato conocido como *bocadillo de calamares*. Procedo a su degustación sentado en una terraza y compruebo que masticar el calamar cuesta el mismo trabajo que masticar un filete de buena carne en la antigua RDA. Mientras mastico lentamente, me entretengo un poco observando el entorno.

A juzgar por el número de estatuas vivientes de Bob Esponja, Charlot y Alien, deduzco que Madrid está viviendo un momento de eclosión artística formidable.

En mi paseo también encuentro a vendedores de ceniceros fabricados con latas de Coca-Cola, saltimbanquis que hacen piruetas en los semáforos, vendedores de kleenex y a figurantes de una película de la Edad Media que te enseñan sus pústulas y sus muñones. Como este siempre ha sido un país de genios surrealistas, como Dalí, compruebo que la última moda es dormir en la puerta de los cajeros con las pertenencias personales metidas en bolsas de la compra. ¡Vaya *performance* más original!

06:40 P.M.

Me siento unos minutos en un banco. Recobro fuerzas. Enseguida me levanto y continúo mi paseo por el centro.

En los alrededores de la fonda, enumero hasta cincuenta y siete tiendas de chinos. En una de ellas compro una de esas lámparas de papel con forma de globo que decoran los pisos de estudiantes. Me cuesta 120 euros, pero estoy contento porque visitar un país es también aprovecharte de sus gangas.

06:48 P.M.

Cuando salgo del bazar, echo un vistazo a los menús de los restaurantes. Ofrecen caldereta de cordero y cazuela con fideos. Como vuelvo a tener hambre, al final entro en el McDonald's de la calle Mayor. Para el viajero, las franquicias suponen todo un oasis de tranquilidad. Uno ve los logos de Avis, Hertz, Gucci, y sonríe al saberse en territorio amigo.

Con la empleada del McDonald's me comunico por gestos. Señalo con el dedo, yo Tarzán, tú Chita.

Ella me entrega la caja de McNuggets y me indica la cantidad que marca la caja registradora. Le pago y voy todo el camino mojando piezas de pollo en la salsa texana, bamboleando mi figura, chupándome los dedos y jugueteando con el muñeco de un dragón de una película de Pixar que me acaban de regalar. Si soy sincero, es lo más cerca que he estado nunca de la verdadera felicidad.

06:52 P.M.

Como mañana es domingo, pienso que podría tomar un tren para conocer de primera mano cómo son las fiestas de los pueblos españoles. No sé si estoy preparado para tamaño desafío. Por lo que he leído, en muchas poblaciones la máxima diversión consiste en tirar una cabra desde lo alto de un campanario para ver lo lejos que llegan sus dientes.

Minutos más tarde, me cruzo con unos compatriotas de Bonn. Como portan una guía Traveler bajo el brazo, les pido que me recomienden algún destino. La esposa me comenta que la semana pasada fueron a las fiestas patronales de un pueblo de Ávila y que los vecinos le revolotearon el caniche desde lo alto de la muralla medieval. Parecen muy decepcionados porque, desde entonces, el perro no ha hecho nada por volver. También es cierto que ellos tampoco han hecho nada por asomarse al foso.

Como siempre agrada encontrarse con un compatriota, aprovechamos para intercambiar impresiones. El señor Johannes me dice que el comportamiento de estos aborígenes no le ha sorprendido lo más mínimo, dado que en España cambiarse de calzoncillos a diario es una experiencia más bien reciente. Añade que en dichas fiestas patronales vio cómo un mozo borracho derribaba a un toro de un cabezazo. Le creo.

Su esposa, Brunhilde, compara a los habitantes de este país con los del cuerno de África. Pero su marido considera la comparación muy desproporcionada, dado que en el cuerno de África sus moradores, al menos, hablan mucho mejor el inglés o el francés. La conversación se interrumpe cuando el señor Johannes pide permiso para correr tras un carterista que huye con sus pertenencias. Se lo concedo y veo cómo mi compatriota y su mujer corren y vociferan calle abajo, perdiendo en la huida una de sus chanclas.

07:05 P.M.

Regreso a la fonda porque me estoy haciendo pis. Enseguida tropiezo con una singularidad ibérica que me llama poderosamente la atención: cuando los españoles detectan que tienes prisa por entrar al baño, aprovechan para pararte en la puerta y retenerte con cualquier excusa. En este caso, mientras doblo las piernas y las aprieto contra la vejiga para contener la orina, la señora Concha me bloquea el paso para contarme la larga historia de su hermano Tomás, al que echa mucho de menos. Le indico por gestos que deseo alcanzar el inodoro. Pero ella no se da por enterada y sigue chapurreando inglés. Me cuenta que en 1986 un ordenador de la Seguridad Social decidió dar a Tomás por fallecido y otorgarle una pensión. La familia reclamó en un escrito oficial. Como respuesta, el ordenador le dobló la pensión y le otorgó una paga extra cada seis horas.

Movieron cielo y tierra. Hicieron escritos. Compraron impresos. Se zambulleron en una pesada burocracia. Comprendiendo que era imposible arreglar el asunto, decidieron huir del país y marcharse a vivir a una cabaña aislada en el Parque Nacional de Yellowstone.

Cuando la señora Concha termina su relato, sonrío y le indico que debo subir a por unos pantalones que estén secos.

Después, me quito los calcetines empapados de orina.

Ya aseado, me hundo en la cama rememorando las fuertes emociones del día.

A punto de dormirme como un lechón me digo: «¡Ay, qué país!».

Domingo 22 de junio

11:00 A.M.

Desde bien temprano, un sol imponente cruza las cortinas. La estampa es bella. Las partículas de polvo en suspensión podrían maravillar a cualquier patólogo. Trato de dormirme, pero la alarma de un Citroën salta en la calle y me desvela.

Con todo, vuelvo a conciliar el sueño. Pero las campanas de las iglesias adyacentes repican sobre los tejados de la ciudad. A pesar de ello, logro entornar los ojos para dejarme envolver por la somnolencia. Y como era de esperar, debajo de mi balcón unos mariachis sacan sus trompetas y se ponen a tocar *Para bailar la bamba.*

Pienso que la próxima vez que visite este país es conveniente traer un par de tapones para los oídos. A continuación, me persigno encomendándome al Dios justiciero de los protestantes. Y casi me dan ganas de llorar.

11:15 A.M.

Por fin salto de la cama.

Dado que hace calor y voy a sudar como un pollo, preparo una mochila con varias camisetas.

Acto seguido, bajo a tomar el desayuno.

12:20 P.M.

En el comedor, doña Concha nos prepara panecillos, tortilla de patatas, huevos con chorizo y un café purgante español, considerado por los nutricionistas como un auténtico mortero que afloja la grasa y mantiene fina la figura.

Como compruebo en el váter durante la media hora siguiente, sus efectos son dispersos e inmediatos. Enseguida anoto en mi estudio que una solución para la maltrecha economía española sería abandonar la exportación de aceite de oliva, un terreno en el que Italia ejerce una vigorosa competencia, y centrarse en exportar este ingrediente mágico de la dieta mediterránea: el genuino café purgante español, cuya eficacia supera a los supuestos beneficios de la dieta Dukan.

Un poco más tarde, sentado plácidamente en el inodoro, repaso los diarios —*El País, El Mundo, La Gaceta, ABC...*— tratando de comprender más cosas de esta curiosa nación. En ese instante, recuerdo que hoy tenía un encuentro con la traductora contratada por la universidad. De modo que me subo los pantalones a toda prisa, me guardo las tres capas de michelines, ato la correa a la cintura, me lavo las manos, me echo colonia y salgo balanceándome entre las calles en dirección a la plaza de Santa Ana.

12:40 P.M.

Lo reconozco, me he perdido callejeando porque no quiero preguntar. Un hombre tiene que seguir su propio instinto. ¿Qué habría sido de Cristóbal Colón si hubiese ido por ahí consultando las direcciones? De acuerdo, el viaje habría sido más corto, pero ¿qué habría hecho con el tiempo que le sobraba en la India? ¿Sentarse a ver el críquet?

01:00 P.M.

Subo la calle Carretas con dificultad, casi echando el bofe.

Al alcanzar la plaza de Jacinto Benavente, unas mujeres negras muy pintadas me cogen del brazo y me llaman:

—Corazón. Papito. Dámelo todo.

Ante el temor de que algún compatriota me acuse de practicar turismo sexual, mis mejillas se ponen como un tomate. Y me escabullo.

01:06 P.M.

Un poco después, me adentro en una tienda de H&M.

Quiero comprar un gorro para protegerme del sol.

Decepcionado, descubro que cuando las jóvenes dependientas de H&M te dicen «cariño» no es porque quieran irse a la cama contigo, sino porque quieren sacarte el dinero.

¡Vaya! ¡Menudo chasco!

01:16 P.M.

En mi segundo día en Madrid, ya empiezo a moverme por el centro con cierta soltura. Enfilo la plaza del Ángel, paso ante Espoz y Mina y compruebo que, sentada en una terraza, me aguarda una chica morena, simpatiquísima, con un gran escote simpatiquísimo también.

—*Ich heiße Sandra* —me dice, levantándose y ofreciéndome dos besos de cortesía.

La joven posee unos labios carnosos, el pelo moreno, rizado, la piel oliva y una naricilla respingona bajo los ojos verdes y grandes. Parece una diosa racial y su alemán es excelente.

Sandra pide una cerveza. Yo hago lo mismo. Pero cuando la pruebo, me sabe a pis de caballo.

Al ver mi mueca de disgusto, ella pregunta:

—¿No te gusta?

Y yo finjo:

—En serio. Está muy rica.

Después charlamos un poco de temas sin importancia. El tiempo, el verano en Madrid, el último libro de Nouriel Roubini, *Respondiendo a las crisis financieras en las economías emergentes.* Pero Sandra no lo ha leído y por su expresión intuyo que no tiene intención de hacerlo en los próximos cuarenta años.

En ese momento, le explico el objetivo de mi viaje. Pero a medida que hablo, percibo que su presencia física me intimida.

A pesar de mis años, tartamudeo un poco al hablar. Incluso me cuesta mirarla a los ojos sin sentirme acomplejado.

Sandra me cuenta que estuvo de Erasmus en Berlín y que desde que se licenció ejerce de traductora con los ejecutivos de Volkswagen que vienen a Madrid. Añade además que conoció al profesor Klaus Grunzenhauser antes de su desaparición, hará dos meses, y que desde entonces no le ha vuelto a ver. Le pido que me conduzca por los mismos sitios por los que le condujo a él y que me proporcione algunas pistas.

—*Gerne* —me responde.

Así que cerramos el trato. Desde hoy, ella será mi guía y me mostrará todas las peculiaridades turísticas de la capital.

01:24 P.M.

Caminamos por las callejuelas del centro y mi traductora me pone al corriente de algunos atributos que hacen que el modelo turístico de España no pueda ser imitado con facilidad en Alemania. Para empezar, me explica que este es un país de un regionalismo obsesivo. Existen diecisiete comunidades autónomas, cada una con su propio gobierno, su propia policía, su propio traje regional y su propia virgen. Le propongo reducir el número de vírgenes a las verdaderamente eficaces. Pero ella me advierte que una decisión de ese tipo provocaría graves tumultos.

02:00 P.M.

La conversación prosigue.

Entramos en una taberna oscura de la calle Echegaray.

Veo antiguos carteles de corridas de toros y una montaña de barriles apilados que huelen a vino. Las moscas que revolotean por el local debían de estar ya en tiempos de la ocupación musulmana.

Compruebo que el suelo del recinto es pegajoso para que a los clientes les cueste despegar los pies y huir sin pagar. Enseguida, el propietario, un señor canoso y con cara de sentirse molesto con la existencia de una clientela, nos arroja una tapa de almendras saladas.

A continuación, me entretengo mirando el serrín del suelo, así como las pirámides de servilletas arrugadas.

Sandra pide dos copas de vino tinto y ordena una media ración de boquerones que el propietario extrae de una lata oculta bajo el mostrador.

Los pinchamos con un mondadientes y los probamos.

A Sandra le puede la gula y se mete cuatro boquerones en la boca. De repente, veo que un hilillo de aceite le chorrea por la comisura de sus labios y entonces me enamoro.

Noto una sacudida eléctrica, como si el cosmos ampliara mi conciencia y me revelara los secretos ocultos de la vida. ¿Qué te está ocurriendo, Helmut?

Es como si mi misión científica pasase a un segundo plano.

Algo me dice que estoy a punto de enfrentarme al desafío más importante de mi existencia.

Mi traductora sigue pinchando boquerones con un palillo. Acto seguido, se pasa la lengua por la comisura de los labios para pescar las gotas de aceite que se le siguen escurriendo barbilla abajo.

Después, se come una patata frita que cruje entre sus dientes como si fuera mi corazón a la plancha. Para entonces, ya no le quito ojo. No puedo.

Alrededor de Sandra todo se ha vuelto borroso. Quizás se deba a que el bar está tan cochino que lo único que destaque sea esta hermosa mujer. Pero algo grave, profundo, casi místico flamea en mi alma.

Intento disimular los latidos desbocados que se ocultan en mis entrañas y me concentro en su rostro. Es bellísimo. De hecho, en esta tasca hay un retrato de una mujer cordobesa de principios de siglo que se le parece un poco.

—¿Más patatas? —me pregunta en español—. *Kartoffelchips?*

Asiento y comienzo a servirme.

Cuando ya hemos bebido bastantes cervezas, Sandra gana en confianza y me cuenta que tiene un berrinche muy grande. Está pasando por una grave situación económica. Desde que se inventó Google Translator, el traductor de Google, muchas compañías ya no recurren a los servicios de un intérprete profesional. Las tarifas han caído de manera asombrosa. Ahora que no puede vivir de las traducciones para empresas, hace pequeños trabajos, como traducir a idiomas extranjeros las cartas de los bares. Al precio que pagan, necesitaría traducir unas 150 cartas al mes. Eso haría que sólo pudiera ganarse la vida en ciudades con 40.000 bares, como Madrid, siempre que los 40.000 bares le encargasen todas sus traducciones. Todo ello sin contar con el fotocopiado de cartas de menú, verdadero cáncer del sector.

Como no quiero ser brusco con los datos, la animo y le digo que sus probabilidades de supervivencia en ese sector son de 2,76 entre un millón. Ella se queda pensativa, mirando al infinito, mientras pincha aceitunas con un palillo. Entonces, una de las olivas se escurre y se cae al suelo con un simbolismo trágico de algo que pinta muy feo. Sandra se queda en silencio, mirando la aceituna caída en desgracia.

Lo único que quiero saber es: ¿conseguiré a Sandra? ¿O esta fijación es sólo uno de mis caprichos repentinos, como cuando me compré el acuario con tortugas?

05:30 P.M.

Salimos del bar. Yo avanzo pesadamente, como un buey que observa con perplejidad el bullicioso mundo español.

Al momento, cruzamos ante varios restaurantes de comida para turistas. Y el olorcillo de los guisos vuelve a abrirme el apetito. Pero me contengo. La gastronomía local comienza a parecerme sabrosa. Veo que mi durísima opinión sobre el país se va moderando.

05:40 P.M.

Llegamos a la plaza de Santa Ana, junto a la estatua de un tal Federico García Lorca. Sandra dice que ha oído hablar de él en el telediario. Me explica que era un poeta famoso que un día salió a dar un paseo por su pueblo y se cayó en una fosa común.

Acto seguido, nos despedimos.

Ella me da un beso de cortesía en la mejilla. Pero una parte demoniaca que habita en mi cerebro me pide girarme de sopetón y besarla en los morros.

Sin embargo, me digo: «¡Contente, Helmut! ¡No es más que una chiquilla! ¡Podrías ser su padre!».

Por eso, cuando la veo marchar, me siento triste. Y se me queda un cuerpo pocho, como después de ver un telediario español.

07:43 P.M.

Durante el resto de la tarde ya no puedo quitarme a Sandra de la cabeza. Su presencia ha sido como un rayo de luz.

Deseo con fuerza que nos volvamos a ver.

Apenas llevo nada de tiempo en Madrid y ya comienzo a fantasear con la idea de quedarme a vivir en esta ciudad para siempre.

¿Qué extraño veneno destila este país?

09:00 P.M.

Cansado de tanto caminar y con un montón de datos e ideas flotando en mi cabeza, decido regresar a la Fonda Mariano.

10:08 P.M.

Subo a mi habitación. Como tengo ganas de conocer a Sandra en profundidad, abro mi iPad —que conseguí salvar de la pérdida en el taxi— y me cuelo en su Facebook. En su muro encuentro fotos de gatos, de bebés, de atardeceres y de un plato sucio de migas con chorizo y melón.

Facebook te permite saber lo que los españoles tienen en la cabeza, es decir, que tras ver fotos de comida, fotos de gatitos y fotos de atardeceres rutilantes ya sabes por qué el país va como va.

Con todo, esta red social ha supuesto un gran avance porque, en los viejos tiempos, para que los treinta y seis vecinos de tu bloque estuvieran informados sobre las evoluciones de tu vida tenías que ir casa por casa, llamar a su puerta y decirles:

—Me acabo de zampar una tortilla de patatas con pimientos.

Una práctica que generaba momentos de tremenda tirantez.

11:20 P.M.

Tras pasar media hora estudiando su Facebook, decido apartar a Sandra de mi mente y comienzo a trabajar en mi estudio. Como hace un calor pegajoso, me bebo varios vasos de agua. Creo que mañana temprano iré a visitar alguna piscina de la capital.

Lunes 23 de junio

07:01 A.M.

En pie. Preparo material y leo documentación.

Repaso mis primeras impresiones.

Después, echo un vistazo al diario económico *Frankfurter Allgemeine Zeitung,* a la sección horóscopos.

10:30 A.M.

Ya en la calle, sigo las indicaciones de un mapa y me planto junto a la piscina situada en el barrio de La Latina. Descubro que en ese lugar sólo existe un solar. Un cartel indica que se encuentran de obras y que la nueva instalación estará terminada en el año 2009. Como estamos en 2014, espero un rato en la puerta con la esperanza de que la terminen.

Pero no.

El sol quema como un escudo al fuego y la cabeza me arde.

Si no quiero deshidratarme, lo más razonable es que vaya buscando una pileta en otra zona de la ciudad.

Abandono este lugar y me pongo en marcha.

10:40 A.M.

Cojo el metro. La gente salta por encima del torno y se cuela. En un rato calculo unas pérdidas para las arcas municipales —sólo en esta estación— de unos 26 euros.

Pienso en los millones de euros que la Unión Europea lleva invertidos en la educación de este país y me entra una tremenda melancolía. Pienso en la congoja que sienten los funcionarios de Bruselas ante este dato y me entra más congoja aún. Para mí está claro: en el apartado de Educación Cívica, mi calificación sería «necesita mejorar».

11:00 A.M.

Por fin llego a la piscina de Aluche. Se trata de un barrio de edificios comunes en ladrillo visto.

Lo primero que me llama la atención es el sistema de megafonía, que informa a cada minuto de los coches mal aparcados en el exterior. En otros países, los conductores no serían advertidos, la grúa se llevaría el vehículo y el conductor tendría que pagar una multa. Pero por algún tipo de generosidad que se me escapa, aquí se ha creado un sistema de alertas para conseguir que las arcas municipales estén siempre vacías.

11:01 A.M.

Me planto frente a la ventanilla. Guardo cola y saco un bono que me da acceso a todos los servicios.

Atravieso las instalaciones y me cuelo en las duchas. Para mi sorpresa, no existe ningún habitáculo personalizado. Uno tiene que cambiarse a la vista de todo el mundo, rodeado de penes, testículos y ojetes de personas que no conoce. Superando mi sentido de la vergüenza, me desnudo e intento colarme en el estrecho bañador: arfhghhh, gññññ, UFF...

Doy varios saltos. Urff, afhh, oggg.

Otro más. Ains, ay, ahhh...

Puede que no haya sido tan buena idea comprarme un bañador Speedoo.

Quizás me habría bastado con una de esas prendas holgadas que visten los padres. Entre otras cosas, porque voy tan embutido que se me alzan las lorzas. Y al convertirme en centro de atención, la gente me mira y me convierto en noticia. Por el bien de mi informe, mostraré un perfil bajo.

11:08 A.M.

Entro en la piscina y me encuentro con que el césped está seco.

Miro al suelo y cuento 19 colillas de cigarrillos y 3 envoltorios de un helado llamado Frigopié.

Los aparto con la punta de la chancla, me tumbo sobre la hierba y, al instante, noto que una sustancia viscosa se ha adherido a mi espalda. ¡Es una loncha de chorizo!

¡Puag!

¡Ay, qué país!

11:10 A.M.

Logro despegarme el trozo de embutido con el agua de la ducha. Para vencer la repugnancia que me invade, pienso que lo mejor es ir a darme un buen chapuzón.

Por un breve instante siento el deseo de lanzarme en plancha, o de hacer un salto bomba, pero, por fortuna, logro contener el impulso. Antes de hacerlo, lo sensato es estudiar los peligros del lugar.

Un breve análisis indica que la pileta ha sido fabricada con baldosas de mosaico y que sus juntas han sido rematadas con toscas pellas de cemento. Como hay muescas y faltan numerosas piezas, considero que existe una probabilidad del 75 % de que acabe rajándome el pie. Así que evito darme un baño y paseo mi oronda figura por el desmantelado jardín.

11:15 A.M.

Aprovecho la circunstancia para mirar de reojo a numerosas españolas en tetas. Aunque mi timidez no me permite contemplarlas abiertamente, y mucho menos extraer algún tipo de patrón estadístico sobre sus pechos, he descubierto una cierta tendencia al pezón estrábico y al pecho caído y seco, propio de las ovejas. Quizás esta impresión sea errónea y se deba a que me encuentro en una instalación de un barrio humilde de Madrid, donde las bañistas suelen ser politoxicómanas que no pueden sufragarse un buen par de prótesis de silicona.

11:25 A.M.

Me encamino a las duchas.

Me sorprende que en ellas no sea necesario el uso del jabón, en especial en pies, axilas o entrepierna. Tampoco se precisa ninguna sustancia desinfectante o, en su defecto, que higienice. Al parecer, se permite que la gente se meta en la piscina con lo que los aborígenes denominan *darse un agua en el lerele.*

11:28 A.M.

Cambio de opinión y me meto en la piscina. La sensación es refrescante hasta que un niño me señala una masa marrón que flota hacia mí.

—¡Me he hecho cacota! —dice.

Enseguida veo los restos de caca y el pañal suelto, abriéndose en todo su esplendor.

Los demás bañistas ignoran el incidente y por lo que delatan sus expresiones, no parecen alarmados por el pastel, dado que en las piscinas españolas la caca de bebé no se considera tan dañina como la de adulto.

Me escaqueo del agua con disimulo, creando olitas con las manos para que el pañal se aleje.

Quiero salir, pero mi peso juega en contra a la hora de alcanzar las escaleras de la piscina. Con esfuerzo, logro alzarme, haciendo que de la tela de mi bañador caiga una auténtica catarata de agua sobre la cabeza del bañista que viene detrás.

11:32 A.M.

Como tampoco quiero pillar hongos con la toalla que me traje de la fonda, decido secarme al sol. Hay que aprovechar que los rayos ahora aprietan con fuerza.

Esquivo a una madre con rulos que está pelándole a su hijo una pera de agua y me tumbo en un área algo más limpia.

Entonces, cierro los ojos intentando dormir. Dada la calidad de las instalaciones, lo más probable es que en breve me despierte el cosquilleo de un ejército de hormigas pasando sobre mi tripa. Pero me equivoco. Lo que me despierta es la megafonía de la piscina anunciando un concierto de Chayanne, el Mozart de Puerto Rico.

A ese aviso le siguen el sorteo de una cubertería, la alarma por la desaparición de dos niños (el Jonathan y el Abraham), la notificación de la hora, la información de la temperatura, el reclamo de los grandes éxitos de la temporada y la lista de números premiados en la bonoloto.

Aturdido, miro a mi alrededor por si estoy siendo víctima de una cámara oculta. Pero el sistema de megafonía emite la canción *Ay, Macarena,* el popular ritmo que hizo mover las caderas al mismísimo presidente Clinton. Las madres canturrean el estribillo: «*Ay, Macarenaaaa*». Poco a poco el ritmo se contagia y, como en un capítulo de *Fama,* todos los usuarios de la piscina comienzan a seguir los compases con el pie.

Yo mismo busco integrarme, ladeo la cintura y un mar de michelines se desplaza como una ola, arriba y abajo, a lo largo de todo mi cuerpo. Pero enseguida comienzo a sentir vergüencilla y decido abandonar el recinto. Así que lo hago con disimulo, por la puerta de emergencia.

02:37 P.M.

Me siento en una terraza a almorzar. Pido el menú, que trae rodaja de pescado con patatas de primero y filete con guarnición de segundo. De postre, copa de helado y café con hielo.

Cuando he terminado, solicito que me cobren. Debo reconocer que me encanta la costumbre de los camareros madrileños de hacer la cuenta con su propio bolígrafo sobre el papel del mantel. Me gusta especialmente que se rasquen la cabeza y que tarden 16 minutos en sumar 11 + 11 + 4 + 21% IVA.

03:15 P.M.

De regreso a la fonda, el señor Paco me dice que me suba al cuarto a pasar la tarde. Sigo la costumbre de los hombres españoles y me quedo en calzoncillos y con la barriga al aire, en lo que se conoce como *sex appeal ibérico*.

Me abro una cerveza, me la jamo. Después me doy golpecitos en la panza y jugueteo un poco con la pelusa de mi ombligo, tratando de captar las migas de pan y los restos de patatas fritas enredadas entre mis pelos.

A continuación, cojo el libro de frases y practico expresiones españolas tan singulares como: «Me voy a la playa con mi toalla».

04:15 P.M.

La cortina se mueve. Comienza a soplar una leve brisa. Detrás se perfila la silueta de una mosca, que golpea la tela con cabezonería por entrar.

A continuación, pongo la tele. Como compruebo, es muy extraño que aquí pase un día sin que los medios de comunicación mencionen a un tal Paquirrín.

04:25 P.M.

Como la ciudad me ha embrujado, me preparo para salir. Debo estar atento a todo lo que veo. En cualquier momento podrían aparecer ideas sobre el sector turístico que mi país pudiera copiar.

Desciendo los escalones de la fonda con una agilidad sanchopanzesca.

Ya en la calle, trato de empaparme de todo. En mi paseo por las aceras, veo muchos carteles que dicen «SE TRASPASA». Deduzco que la principal actividad económica de los españoles es traspasarse bares hasta dar con alguno que funciona.

Para mi sorpresa, mientras camino descubro que el país también es una importante potencia en locutorios.

05:00 P.M.

Camino hasta la plaza de Santa Ana. Me siento en una terraza mientras noto en mi interior un deseo irrefrenable de volver a ver a Sandra.

Me traen una cerveza muy fría y entonces saco el móvil y le mando varios mensajes por whatsapp. Busco que me considere un cómplice, y junto al texto le incluyo emoticonos de guiño, guiño, superguay. Signo de victoria. Lenteja sonriente. Lenteja con corazón.

05:01 P.M.

Sandra me devuelve un mensaje con varios emoticonos. El primero es de unos ojos de asombro con varios signos de admiración. El segundo es de una gran mierda pestilente.

Me entra un sudor frío. Casi gélido.

Oh, Dios, ¿qué he hecho?

05:02 P.M.

La idea me angustia. Titubeo. No sé cómo reaccionar. ¿La llamo? ¿Lo dejo pasar? ¿Cojo ya el avión de vuelta a Alemania?

Me pregunto si habré perdido a Sandra para siempre.

05:03 P.M.

Sandra me envía otro whatsapp. Contiene una lenteja amarilla con un guiño burlón.

¡Vaya, todo era una broma!

¡Menudo sentido del humor tan sano!

Pero ¿qué significa esta reacción femenina? ¿Por qué hace eso? ¿Acaso está dejando la puerta abierta a que pueda ocurrir algo entre nosotros? ¿O sólo trata de parecer agradable con un cliente?

Necesito salir de dudas, porque a estas alturas no hago más que pensar en ella. Vuelvo a mirar mi whatsapp y veo que en la ventana de Sandra aparece el mensaje «*escribiendo...*». Se apodera de mí la ansiedad. Venga, ¿qué dice? ¿Por qué no llega ya su texto? Se suceden los segundos y nada. Sigue «*escribiendo...*». Agito el teléfono, me desespero, lo muevo con fuerza por si no pilla la señal. Pero el mensaje parece haberse quedado bloqueado.

Entonces compruebo que tampoco puedo navegar por Internet, ni recibir correos. Furioso, me pongo en contacto con la compañía Telefónica.

06:09 P.M.

Marco el número de atención al cliente y, durante 30 minutos, oigo la discografía completa del grupo

Mecano, un bucle compuesto por los temas: *Ay, qué pesado, Hoy no me puedo levantar, Perdido en mi habitación, No es serio este cementerio, No hay marcha en Nueva York,* letras que interpreto como graves indirectas hacia Alemania y hacia mi persona.

06:24 P.M.

De alguna extraña manera, la comunicación se restablece. Pero nunca me llega ese mensaje que Sandra me estaba escribiendo.

Una pregunta me atormenta: ¿qué me querría decir?

07:09 P.M.

Decido darme una vuelta por la plaza de la Ópera. Para ello tomo el metro. En los vagones, la única persona que no ofrece pañuelos a cambio de la voluntad soy yo.

09:45 P.M.

La tarde declina. He caminado tanto que ya noto mi respiración algo entrecortada. La espalda de la camisa muestra un enorme cerco de sudor. A punto de echar el bofe, me siento en una terraza y me pido un helado de chocolate y turrón.

El helado está tan frío que al morderlo siento un pinchazo en la frente.

Me llevo la mano al entrecejo. Pero al mover el cucurucho, la bola se cae. Me mancha el pantalón, baja escurriéndose lentamente por la pierna y se deposita sobre el calcetín marrón y la sandalia.

La gente me aplaude.

Un niño me echa una moneda.

Saludo al respetable.

Satisfacción.

10:38 P.M.

La noche se vuelve oscura. Camino hasta el barrio de Lavapiés, que me da la bienvenida con una pintada que dice: «¡MOROS NO!».

Seamos sinceros: las calles no están muy iluminadas. Voy por aquí muerto de miedo. Veo a personas de tez oscura observándome desde los soportales. Las tonalidades de piel varían desde el amarillo suave hasta el verde de la difteria.

Los oigo hablar en hindú, parsi, árabe y también en chino. Incluso me cruzo con un tipo que, a juzgar por su aspecto, en verano es camarero en una tasca y en invierno muyahidín en Irak.

No sé por qué, la primera frase que he aprendido en español ha sido: «Me voy a la playa con mi toalla», cuando debería haber sido: «¡Socorro, policía!».

10:44 P.M.

Me acerco a unos jóvenes con *piercings* sentados en un cajero del Banco BBVA. Uno de ellos toca la flauta. Otro hace malabares. A su lado hay un perro pulgoso.

Les pido orientación con la ayuda de mi libro de frases. Por gestos me indican cómo volver a mi alojamiento.

A continuación, me piden una moneda. Se la doy y me ofrecen una pulga. Como no quiero parecer seco, la acepto. Me la coloco en el hombro y la pulga y yo nos hacemos amigos.

11:09 P.M.

De vuelta a la pensión descubro que en la plaza de Cascorro los vecinos celebran la fiesta de San Juan. Han abierto los conductos de agua y se la arrojan en cubos.

Al fondo hay corros de personas que cantan flamenco. Un niño ha sacado su batería. Los hermanos mayores acompañan la percusión dándole a las bocinas de sus Mercedes y sus Audis.

Veo a bebés, mujeres, ancianos y a hombres de pelo en pecho que se divierten arrojándose agua y quedando empapados. Constato que el agua en España es un bien escaso y que no debería desaprovecharse así como así.

Los interrumpo, les propongo poner un surtidor a precio de 0,25 euros el cubo. Les explico que la gente tendría que hacer cola y que la fiesta, eso sí, perdería cierta espontaneidad.

Me abuchean.

Siguen bailando.

Alzan las manos y me gritan:

—Riapitá, riapitá.

00:12 A.M.

Madrugada. El calor es insoportable.

Estoy sudando a chorros.

Cojo el iPad y aprovecho para tomar unas notas y estructurar un poco mi informe. La universidad me ha programado varias visitas concertadas con las Concejalías de Turismo de diversas autonomías. Por desgracia, dada la escasez de fondos, no podré visitar todo el país y me perderé joyas como la mezquita de

Córdoba, la catedral de Santiago de Compostela o la Alhambra de Granada. También un monumento que citan mucho en el telediario: la cárcel de Alcalá-Meco.

Eso sí, los viajes me servirán para recoger nuevos datos e inspeccionar algunas instalaciones. Por ahora, no acabo de encontrar la razón por la que España es el segundo destino turístico mundial detrás de Estados Unidos. Quiero decir, los americanos tienen su cine, quizás la mejor herramienta de márketing para vender un país. Pero ¿España? ¿Qué ofrece España? ¿Naranjas? ¿Paella? ¿Chorizos?

Me cuesta creer que los ciudadanos de medio mundo sólo vengan aquí buscando el sol y la playa. En serio. No puede ser. Algo me dice que debe de haber algo más.

MARTES 24 DE JUNIO

00:21 A.M.

Pienso en Sandra. Decido llamarla. Pongo una excusa tonta y le cuento mis primeras impresiones. Charlamos un poco y ella me recuerda que hay otra fiesta popular cerca de la fonda.

—¿Quieres que vayamos? —me pregunta.

El corazón me da un vuelco. ¡Claro! Así que le digo:

—No sé.

Estoy aplicando técnicas de negociación propias de un convenio colectivo.

Entonces mi traductora argumenta:

—Deberías estudiar la manera en que nos divertimos en España. Al fin y al cabo, la gente hace turismo para pasárselo bien, ¿no?

Maravillado por su inteligencia natural, le digo que quizá tenga razón.

Y como me he enamorado hasta las trancas, decido calzarme mis deportivas, abrocharme el cinturón alrededor de la tripa y echarme a la calle otra vez.

00:26 A.M.

La luna brilla esplendorosa y, desde la distancia, ya se aprecia el tumulto de voces y tambores. Según mi guía Traveler, la fiesta de San Juan tiene sus orígenes en ritos precristianos que celebran la llegada del solsticio de verano.

Cuando nos presentamos en la verbena, observo que los vecinos del barrio preparan una fogata con sillas viejas, mesas y puertas de armarios. Minutos más tarde, las llamas crecen y la iluminación se vuelve cegadora, sazonada de ascuas.

Veo absorto cómo las chispas de fuego revolotean en espiral hasta las alturas. Pero sigo sin entender por qué en lugar de quemar los viejos muebles, los españoles no los restauran y los venden por cinco veces su valor.

Para ser sinceros, el sentido económico de estos aborígenes se me escapa. Con lo que ganasen vendiendo las piezas restauradas, muchos españoles podrían comprarse muebles mejores, ponerse los dientes postizos que les faltan o experimentar con el uso de bienes escasos como el desodorante.

00:44 A.M.

De pronto, una bandada de cohetes ilumina el firmamento. Veo cómo unos vecinos arrojan, desde un balcón, infinidad de petardos a la calle. Las detonaciones, muy poderosas, provocan la muerte de dos personas. Pero, por fortuna, el sentido común se impone. Así que se retiran los cadáveres y se continúa con la celebración.

01:29 A.M.

Sandra me ofrece tomar una copa de rebujito. Me explica que, en la noche de San Juan, los vecinos piden deseos a los dioses y, como ofrenda, realizan un salto sobre una hoguera.

—¿Te apetecería probar? —me pregunta pizpireta.

Entonces pienso que mi deseo no es otro que pasar el resto de mi vida junto a ella. Así que me descalzo. Cierro los ojos con fuerza, corro y salto sobre el fuego.

01:34 A.M.

Dice el médico que la cortisona para las quemaduras tardará horas en hacer su efecto.

En la ambulancia que me conduce veloz entre las callejuelas observo que tengo los pies hinchados y supurantes como un ramillete de choricillos.

¡Ay, qué dolor!

01:47 A.M.

En el hospital, un enfermero con gafas redondas me conduce a toda mecha sobre una destartalada camilla.

Las oleadas de carne de mi cuerpo se mueven como un pastel de gelatina.

Mientras me desplazan de una planta a otra, echo un vistazo a las modernas instalaciones de este sanatorio. Al pasar junto a un quirófano, veo que a un cirujano se le caen al suelo los órganos de un paciente. Sin mediar palabra, se agacha a recogerlos, les sopla para quitarles la pelusa e intenta encajarlos de nuevo en la cavidad correspondiente.

Luego, un camillero con pelos de rastafari me conduce hasta una sala muy iluminada. Allí, un médico pelirrojo levanta con un boli los pliegues carnosos de mi tripa. Después, se retira para estudiarme desde la distancia y me recomienda que abandone la comida de lata, las pizzas, las salsas de queso, el magro con tomate, el chucrut, el codillo y las bebidas con azúcares.

—Los músculos de sus nalgas se encuentran demasiado fláccidos, señor Helmut. Además, los huesos de sus venosas piernas, tarde o temprano, no podrán resistir la presión y se quebrarán. Ándese con ojo.

Entonces aparece una doctora, de piel lechosa y con pecas. Se tira un buen rato auscultándome. Cuando me doy la vuelta para vestirme, la sorprendo rascándose la coronilla y consultando mi diagnóstico con la Wikipedia. En vez de preocuparme, lo interpreto como otro gesto más de su rigor profesional.

Luego tira un dado, sale el número 6 y me escribe una receta.

Como no puede ser de otra forma, la sensación que me queda tras mi visita al centro médico resulta grata. Sin duda, la sanidad española es una de las mejores del mundo y la relación entre médico y paciente posee un tono familiar y cercano. Tanto que, al enfermo que va a ser operado, se le suele pedir que se traiga de su casa hilo, bisturí, gasas, sábanas y, si puede, también la morfina.

11:00 A.M.

Como no hay presupuesto para que una ambulancia me devuelva a mi alojamiento, me indican que debo pagarme un taxi de mi propio bolsillo. Para no tener que pagar ninguna cantidad tendría que ser alguien especial, como el rey. Así que obedezco.

En el recorrido hasta la Puerta del Sol, el taxista recorre las poblaciones de Villalba, Cuenca, Burgos, Collado Mediano, Aranjuez y Madrid. Coste: 725 euros.

11:30 A.M.

Dejo a Sandra en su apartamento y regreso a la fonda.

Una vez allí, el ascensor no funciona. Decido tomar las escaleras.

Mientras asciendo, coloco el pie en el escalón y al hacer contacto con el suelo, no puedo más que dar gritos:

—¡Au! ¡Aghh! ¡Ay, qué país!

Miércoles 25 de junio

09:30 A.M.

Duermo apenas unas horas. Cuando me levanto, echo un vistazo al periódico. Por casualidad, me topo con un texto que dice:

ESTUDIANTE ASIÁTICA
PUBIS RASURADO
VISA Y HOTEL

Como no entiendo lo que significa, bajo a recepción y señalo el anuncio con el dedo. Lo hago de manera insistente.

El conserje me guiña un ojo, me da un codazo y me pregunta si le invito.

Me pongo muy muy muy colorado.

10:08 A.M.

Me paso el resto de la mañana en la Biblioteca Nacional, recogiendo datos para mi informe. Después noto un vacío en el estómago. Tengo apetito. Me asomo fuera.

01:40 P.M.

Entro en un local. Pido primer plato, segundo plato y postre. Como no me sirven enseguida, les exijo el libro de reclamaciones. Me insisten en que salga, que se trata de un concesionario de vehículos SEAT. ¡Puede que no fuera tan buena idea abandonar en la fonda mi diccionario de español!

04:12 P.M.

Ya va siendo hora de hacer turismo serio por Madrid. Sandra me dice que ha conseguido un permiso para que podamos ir al Congreso de los Diputados. Se trata de un edificio de estilo neoclásico, escoltado por dos grandes leones de bronce y con seis columnas que bordean un pórtico. Un guía nos hará un recorrido por sus enclaves más emblemáticos.

05:00 P.M.

Atravesamos el vestíbulo y lo vemos todo. La sala de conferencias, el salón de sesiones, las salas de presidencia, el archivo, la biblioteca, la Constitución de 1812, la carta magna y las cartas del tarot.

Nos conducen hasta una estancia con unas vitrinas repletas de porcelanas y el guía me hace un gesto de precaución, como si temiera que mis movimientos de elefante fueran a hacerlo todo añicos.

Sandra me salva del apuro y pregunta al especialista por el fracaso del golpe de Estado del coronel Antonio Tejero Molina. El guía nos explica que el levantamiento militar no funcionó porque los conspiradores no lograron cuadrar sus agendas. Extraigo una enseñanza capital: siempre que des un golpe de Estado te recomiendo contratar a una buena secretaria. Si vas sólo pensando en ahorrarte el dinero, al final lo barato te sale caro.

05:28 P.M.

Seguimos caminando por el Congreso, observando frescos, tapices y lienzos.

Me duelen los pies y me noto algo fatigado.

Voy a sentarme en una silla isabelina, pero un conserje me intercepta haciendo aspavientos con las manos. Satisfecho por haber salvado el patrimonio nacional, me pide que circule en otra dirección.

A estas alturas, noto que me cuesta respirar. Y comienzo a sospechar que no puedo seguirle el ritmo a una joven treintañera como Sandra, una ninfa que se halla en la flor de la vida.

En el ínterin, el guía nos explica nuevas anécdotas sobre la historia de este curioso país. Nos habla de los Reyes Católicos, de Fernando y de una tal Isabel, a la que Sandra —que es licenciada— recuerda por sus conservas de atún en escabeche.

05:45 P.M.

Subimos a la segunda planta. Visitamos una galería con cuadros de ilustres personajes del siglo XIX. Pero la potencia del aire acondicionado me hace estornudar. Descubro que en varios lienzos se repite el mismo motivo: un militar entrando en el Congreso de los Diputados, a lomos de un corcel y con un espadón en la mano.

Pregunto en inglés a nuestro asesor, pero le quita hierro al asunto y nos explica que esa costumbre de entrar a caballo en el Congreso no vino motivada por una afición congénita al golpismo, sino por un error de señalización en los carteles del hipódromo.

05:55 P.M.

Tras la visita, compramos algunas postales y en la cafetería me jamo un trozo de tarta de queso.

Después, apunto algunas notas para mi estudio.

A modo de conclusión, escribo que Alemania debería sacarle más partido turístico a su historia. La de España acaba mal y mira tú.

06:25 P.M.

Salimos y cruzamos a la acera de enfrente. Callejeamos un poco y nos sentamos en el bar La Chata. Sandra pide unas tapas. La cocina no es buena, pero las servilletas no están mal. Eso sí, los vasos, muy sucios.

06:50 P.M.

Quedo con Sandra en vernos más tarde para conocer la oferta de ocio nocturno que ofrece la ciudad.

Como vamos a salir de noche, no sé si es conveniente que me arregle o que me presente con un atuendo informal.

De todas formas, los traductores tampoco suelen ir muy conjuntados. La propia Sandra luce pulseras de hilo en la muñeca y camisetas lavadas con lejía. Por lo que la conozco, deduzco que la probabilidad de que sea una fanática lectora de la revista *Marie Claire* es de 0,05 entre 1.000.000.000.

10:30 P.M.

Sandra me telefonea:

—¡Helmut, es mejor que hoy no salgamos!

—¿Y eso? —le pregunto.

—He hablado con Bruno, un colega que trabajó para el profesor Klaus. Dice que estuvo con él en Málaga hará cosa de una semana.

Me quedo pasmado. No puedo creer en mi suerte. ¡Menuda pista más providencial!

—Tenemos que salir para allá —le digo.

Creo que visitar esa ciudad del sur del país puede ser interesante. Por un lado, para aclarar lo ocurrido con Klaus. Por otro, porque tanto ese enclave como la Costa del Sol fueron protagonistas del boom turístico de las décadas de 1960 y 1970, fenómeno que originó en el país una de sus primeras burbujas: la de las películas picantes.

—Muy buena idea —responde Sandra entusiasmada—. Así nos escapamos del calor de este Madrid. Estate preparado. Mañana a las siete en punto me tienes en recepción.

Jueves 26 de junio

07:00 A.M.

Salimos a la calle con idea de coger un taxi que nos acerque hasta la Estación Sur.

07:47 A.M.

En el viaje en autobús, un señor apoya su cabeza en mi hombro y se queda dormido. Hay confianza.

Como no quiero parecer desconsiderado o antipático, le dejo que me manche el hombro con un hilillo de baba pequeño pero compacto.

09:16 A.M.

Por fin Sandra y yo podemos intimar. Empiezo a contarle cosas sobre mi vida.

Me tiro más de media hora hablando. Por la forma en que va asintiendo con la cabeza deduzco que le parezco una persona interesante. Hasta que descubro que está abstraída siguiendo los compases de la música en su iPod.

10:00 A.M.

El autobús va repleto de ingleses. Por lo que le entiendo a Sandra, la mayoría de los británicos suele visitar España por el atractivo de sus baños limpios.

Lo cierto es que el viaje resulta agradable. Uno puede distraerse observando por la ventana la enorme variedad de secarrales que ofrece el paisaje español. Los hay en tonos ocre, marrón, castaño, zaino, cobrizo y parduzco.

También se observan olivos y encinas, pero lo más común es encontrarse con polígonos industriales vacíos, fábricas de puertas quebradas y adosados abandonados con los cristales rotos. Como nota positiva, cabe destacar que en estos paisajes apocalípticos ya se están rodando muchas películas de zombies.

11:39 A.M.

Aprovecho el viaje para seguir poniéndome al día sobre este país. Descubro un dato interesante. En diciembre de 2013, el Instituto Nacional de Estadística (INE) realizó una encuesta sobre la situación económica. En ella un 40 % de su población manifestó su deseo de arrojarse por el Viaducto.

12:00 P.M.

Al llegar a la costa, me sorprendo ante la sólida muralla de edificios que rodea el litoral español. Se trata sin duda de una medida muy inteligente contra los tsunamis. Con todo, advierto que hay zonas donde aún no se han construido viviendas, convirtiéndose en puntos débiles por los que el agua podría colarse, haciendo inútil esta fabulosa fortificación.

Lo comento con Sandra y ella, lacónica, cree que tarde o temprano ese problema se solucionará.

01:15 P.M.

El bamboleo del autocar va haciendo mella en nosotros. Por eso respiramos con alivio cuando el vehículo se adentra en la bulliciosa estación de autobuses de Málaga.

Durante el trayecto, he sudado mucho y eso permite que ahora me pueda escurrir con facilidad del asiento sin quedar encajado en él.

Sandra y yo nos bajamos, recogemos nuestras maletas y decidimos estirar un poco piernas y brazos.

Mientras ella se agencia una botella de agua en una máquina expendedora, yo resoplo y trato de secarme el sudor.

Aprovecho entonces para echar un primer vistazo a mi alrededor.

Por lo que observo, la población de Málaga está compuesta por marroquíes, paraguayos, rumanos, ucranianos, argentinos, nigerianos, italianos, chinos y aproximadamente unos 123 españoles. Según la guía que he consultado, la ciudad cuenta entre sus monumentos con un teatro romano y un Corte Inglés, siendo este último al que los arqueólogos de la Junta de Andalucía otorgan mayor importancia cultural. Además, la ciudad posee una alcazaba, una catedral, una aduana y un rico patrimonio de párkings subterráneos, cuya visita recomiendo si lo que se desea es comprar cocaína o recibir una fugaz felación.

En un breve examen ocular, advierto que el trazado del centro histórico es como la puntualidad de sus autobuses: irregular.

01:35 P.M.

En la Oficina de Turismo mantenemos una breve conversación con una aborigen y comprobamos que la población local se muestra pacífica y amistosa.

01:55 P.M.

Sandra llama a un taxi. Su conductor habla en un idioma llamado *malagueño*.

El taxista nos brinda el habitual tour por las poblaciones de la periferia, siendo el trayecto: Málaga, Torremolinos, Fuengirola, Ronda, Marbella, Estepona, Marbella, Ronda, Fuengirola, centro de Málaga. El monto en euros: 1.586.

Durante el trayecto, el conductor nos ameniza con una charla donde viene a decir, dato arriba dato abajo, que con Franco se vivía mejor. Sandra es un poco osada y le replica que entonces los taxistas vivían mejor porque tangaban a más gente. Por fortuna, la sangre no llega al río. Y el conductor deja la broma pasar.

02:20 P.M.

Junto al paseo marítimo, el taxista nos señala con orgullo la estatua de un vendedor callejero de pescado con los brazos en jarras. Dice que en breve será reemplazada por la de un vendedor callejero de deuvedés piratas.

Al pasar junto al puerto de Málaga, Sandra y yo nos maravillamos contemplando el Palmeral de las Sorpresas, denominado así por su alcalde cuando conoció su coste final.

02:30 P.M.

Hacemos dos reservas en un alojamiento barato.

Cuando alcanzamos nuestros aposentos, me siento en la cama, resoplo, me quito los calcetines, me desato las zapatillas de deporte y me acaricio los dedos, chorreandito de sudor. Hay pocos placeres en la vida comparables a descalzarse y quitarse las pelotillas de los pies. Así que me palpo las plantas, me doy pomada y compruebo que la irritación de las quemaduras del otro día ya ha remitido.

En la habitación de al lado puedo oír cómo se abre el grifo de la ducha. Supongo que Sandra se está dando un baño. Tan sólo un tabique nos separa.

¡Mmm, qué excitación!

03:00 P.M.

Comemos un menú económico compuesto de pescaíto frito de primero y pescaíto frito de segundo.

Aunque me quedo con ganas de meterme entre pecho y espalda unos espaguetis con salsa de tomate, Sandra me quita la idea. Cada vez la noto más preocupada por mi salud. Puede que se deba a que significo algo para ella o a que ya no soporta mis ataques de flatulencias.

04:03 P.M.

Hasta esta tarde, a última hora, no tenemos la reunión con Bruno, el amigo de Sandra, así que contamos con un poco de tiempo libre.

A estas horas, la brisa marina suaviza la temperatura y diluye levemente la nube de carburantes que flota como una boina sobre esta hermosa ciudad andaluza.

En una avenida, tropiezo de frente con una sucursal de los supermercados Lidl y el encuentro con la patria me emociona y me produce una honda satisfacción.

Deutschland, Deutschland!!

04:30 P.M.

Durante la sobremesa, decidimos visitar la casa natal de Picasso, en la plaza de la Merced. Según el profesor Adorno Hausseman de la Universidad de Colonia, el hecho de que el pintor malagueño tuviera una agitada vida sentimental condicionó mucho el estilo artístico de su obra ya que, al tener que atender a tantas amantes, sólo pudo pintar la mayor parte de sus cuadros a brochazos.

Como a Sandra y a mí el arte no nos dice demasiado, decidimos comportarnos como auténticos turistas y hacer lo que de verdad nos importa: marcharnos a tomar un baño.

05:00 P.M.

A menos de diez minutos de Málaga capital, encontramos la única playa naturista autorizada, Cala Guadalmar.

Cuando Sandra menciona la palabra «nudismo», me entra como una risilla y un cosquilleo nervioso. También, claro, siento un enorme susto a que ella me vea en pelotas y yo pierda de golpe todo mi *sex appeal.*

Sandra me explica que la playa cuenta con un ambiente hogareño y relajado siempre que no me importe el ruido de los aviones del aeropuerto de Málaga, que aterrizan justo encima.

Por fortuna, el amigo de Sandra oficia de guía y nos habla de una coqueta playa, situada en la parte inferior de un acantilado rodeado de verde. Así que le hacemos caso. Y nos marchamos para allá.

Cuando aparcamos, enseguida compruebo que el acceso a la cala debe hacerse desde lo alto de una montaña: se trata de un camino abrupto. Enseguida calculo que se tardan 5 minutos para bajar a un ritmo bueno y 1 minuto para bajar rodando.

En menos de un segundo, nos ponemos en camino. Más tarde, mientras me sacudo el polvo y me curo los chichones, Sandra recoge mi mochila y se dedica a buscar los tenedores, las latas y los sándwiches esparcidos entre los setos.

Después, nos tumbamos sobre nuestras esterillas y vamos notando cómo el sol tuesta nuestra piel.

05:12 P.M.

Como hace un calor asesino, nos levantamos y clavamos la sombrilla como buenamente podemos.

Mientras nos aclimatamos, Sandra comienza a desvestirse y se queda en bikini. Yo siento el típico burbujeo playero al ver cómo la persona que amas te muestra unas partes de su anatomía y otras no.

5:23 P.M.

En la playa me pongo a pensar en fórmulas matemáticas que averigüen la distancia ideal entre las toallas.

Sandra se queja.

06:00 P.M.

La jornada de baño resulta fantástica y uno comprende que el turista, que sólo tiene unos días libres, acabe aceptando como algo simpático los pequeños inconvenientes de las manchas de petróleo, las bolsas de Carrefour flotando o las jeringuillas escondidas en la arena.

A pesar de todo, paso unas horas estupendas haciéndome el muerto, flotando boca arriba y expulsando por la boca un chorrito de agua que es como una fuentecilla.

El resto del tiempo lo pasamos en un incómodo atasco de hidropedales.

06:17 P.M.

Bruno manda un mensaje para decir que querría vernos hoy mismo, pero le ha surgido un imprevisto y ha quedado con otros amigos. Sin embargo, nos recomienda que aprovechemos nuestra visita para darnos un baño de barros curativos. Así que eso hacemos.

Al principio me da corte acariciarla, pero Sandra me invita con un gesto y me pide que siga adelante. Así que me unto las manos con una sustancia negruzca y cubro despacio su espalda, su cuello y sus hombros. Ella sonríe. Siendo sincero, no hay sensación tan placentera como notar que el barro se seca y comienza a generar su beneficioso efecto.

En ese instante, noto un agradecimiento infinito hacia la vida. La aparición de los barros ha sido providencial, dado que me ha permitido acortar las barreras que nos separan. Sin timidez, sin vergüenza, sin pudor, nuestras manos se tocan. Nuestras pieles se rozan. Y, si lo pienso bien, sólo nos separan los trocitos de tela del bañador para estar completamente desnudos.

Entonces Sandra se pone muy seria y me señala con un dedo tembloroso una refinería petroquímica que se encuentra justo detrás.

—¿Qué coño es esto, Helmut? —me interroga.

Miro y compruebo que el riachuelo del que emanan los barros curativos nace en un colector.

Sandra se mira las uñas, sostiene un largo silencio y después me dice —con un tono impertinente— que si hago otra cagada más, se marcha para siempre.

Lo cierto es que este fracaso me ha recordado a otro momento de mi vida. No hace mucho que me reuní con mis compañeros de promoción de la universidad. Parecía más bien un encuentro de calvos maduros patrocinado por alguna marca de peluquines. Era increíble que hubieran pasado veinticinco años desde que todos estudiábamos juntos y compartíamos pupitre. La mayoría de mis colegas de entonces trabaja ahora para las grandes compañías de Alemania. No sólo eso, encima ganan una fortuna. Poseen perros, gatos, casas con jardín, bicicletas de montaña, cultivan un huerto, comen tofu y hacen su propio vino. De todos ellos, sólo yo trabajo para el Estado. Cuando nos pusimos al corriente de lo que había sido de nuestras vidas, les sorprendió que me hubiese conformado con ser profesor investigador. No entendían que no hubiera prosperado lo bastante como para convertirme en catedrático. A todos les va muy bien. De hecho, me contaron que Johannes, un colega de pupitre, ahora se zumba a una presentadora de televisión, una rubia oxigenada que sale con frecuencia en las páginas de la revista *Gala*.

Lo mejor de aquella noche es que bailé con Annette, una compañera de estudios. De hecho, intenté algo con ella. Pero como ocurrió en el baile de graduación de 1978, la tía volvió a hacerme la cobra.

08:36 P.M.

Sandra y yo nos zambullimos en el agua para quitarnos las manchas de barro.

Después, a la hora de la cena, nos acercamos hasta un chiringuito, pedimos una paella de marisco y varias jarras de sangría.

Luego, cuando el sol comienza a ponerse sobre el horizonte, las dunas de detrás del restaurante nos parecen un lugar magnífico para ir a vomitar.

09:30 P.M.

Anochece.

Regresamos al hostal para darnos una ducha reparadora.

Mis superiores en la universidad ignoran lo sacrificado que es andar todo el día de ocio. Realmente, ser español cansa mucho.

09:42 P.M.

En la habitación de al lado, vuelvo a oír cómo se activa el grifo de la ducha.

Es Sandra.

La imagino desnuda y otro cosquilleo se apodera de mí.

¡Mmmm! ¡Ñam, ñam!

¿Tendré la valentía de abordarla?

10:00 P.M.

Como pueden imaginar, no lo he intentado. Pero salimos a tomar un refresco. Ya en la calle, uso mi Blackberry. Entonces descubro que los españoles han inventado un accesorio que te avisa cuando caminas distraído con el móvil. Su nombre: «Farola».

10:30 P.M.

Si en Alemania tenemos los cabarets, en España existen los tablaos flamencos. Así que decidimos visitar uno.

El gitano de la entrada nos pregunta si, además del tique, queremos una radio de coche marca Blackpunt, unos pendientes de plata, un espejo barroco del siglo XV o una talla de San Felipe Neri extraída de la misma iglesia de San Felipe Neri.

Le decimos que no y le abonamos la entrada, que cuesta 60 euros por persona.

El simpático individuo nos conduce al interior del local y nos ofrece dos taburetes.

Algo más tarde, un camarero nos pregunta si queremos manzanilla, pero le digo que yo estoy bien de la tripa.

La atmósfera de tabaco, luces bajas y alcohol nos embriaga. Cuando comienza el espectáculo, un joven muy serio de nombre Ramiro sale al escenario y empieza a zapatear. A su izquierda, otro muchacho le da manotazos a un cajón. Entonces el bailarín se abre la camisa, sacude con fuerza la cabeza y sus rizos escupen gotas de sudor contra mi cara. Si uno se abstrae, el efecto podría resultar refrescante. Pero el problema es que las gotas están calientes. Y en realidad no son gotas de lluvia, sino efluvios de otra persona que vete a saber tú si esta mañana se duchó.

La sensación es incómoda y hace que no logre concentrarme en la profunda poesía que encierra esta manifestación artística. Para colmo, dos mujeres bailan y se mueven las faldas como si dentro tuviesen pulgas. Indignado porque a esto lo llamen arte, me levanto y decido abandonar el lugar.

VIERNES 27 DE JUNIO

09.00 A.M.

Sopla una ligera brisa con aroma a sal y las bandadas de gorriones se alzan sobre las palmeras y dibujan figuras de puntos en el cielo.

Ahora estamos desayunando en una terraza de la calle Larios. Tomamos tostadas con zurrapa, zumo y té frío. Los dos pasamos el rato espantando a los numerosos vendedores del cupón de ciegos, del cupón de paralíticos, del cupón de la sociedad de personas con muñón, del cupón de familias con deficiencia auditiva y del cupón de la sociedad de amigos de los cupones que nos dan la chapa.

¡Ay, qué país!

09:46 A.M.

Decidimos hacer una pequeña escapada a la población de Mijas. Se trata de una localidad de casas blancas y macetas con geranios ubicada en lo alto de una pendiente. Al parecer, suele ser costumbre que los turistas accedan hasta el pueblo mediante un transporte de tracción animal llamado burro-taxi. Pero cuando desciendo pesadamente del coche y me dirijo bamboleándome, con todos mis kilos, hacia uno de los animales, noto que la bestia arquea las cejas, traga saliva y comienza a rebuznar pidiendo socorro.

10:21 A.M.

Nos paseamos por las calles del pueblo, encaladas de un blanco radiante. Observo a los lugareños, especialmente a aquellos capaces de sostenerse sobre dos piernas.

Lo cierto es que Mijas es un pueblo precioso, coqueto, casi de cuento. Además, se recorre bastante bien caminando si uno es capaz de esquivar las plastas de burro.

A estas alturas de mi viaje ya tengo claro que lo que vertebra a España, lo que en realidad une a Santiago de Compostela con Barcelona, Madrid, Salamanca o Cádiz no es la monarquía, ni el glorioso pasado común, ni siquiera el esplendor de la lengua castellana, sino el hecho de que en todas esas ciudades, en todas sin excepción, la gente sea tan guarra.

11:20 A.M.

Regresamos a Málaga y nos citamos con Bruno, el amigo de Sandra. El tipo es como una copia de Freddie Mercury pero en bronceado. Enseguida nos cuenta todo lo que sabe sobre el profesor Klaus. Dice que la semana pasada trabajó con él traduciéndole datos para su estudio.

—¿Seguro que se trata del mismo Klaus Grunzenhauser? —inquiere Sandra impresionada.

Bruno asiente misterioso.

—¿Y qué aspecto tiene el profesor? —le pregunta.

—Es un hombre magro y de pelo corto, con nariz aguileña y gafas redondas —nos describe Bruno.

Todo encaja con la ficha que me proporcionó la universidad. De hecho, me acuerdo de que al ver su foto, Klaus me recordó al escritor Thomas Mann tras someterse a una intensa sesión de bronceado.

—¿Sabes dónde está ahora? —le interrogo.

—Puedo preguntar a mis contactos. O mejor, llámelo usted mismo. Aquí tengo su teléfono.

Al ver que busca el número en su agenda, me quedo atónito. El universo parece actuar siguiendo las leyes de la sincronicidad.

Así que extraigo mi móvil y trató de comunicarme con Klaus. Marco su número y noto que mi corazón se acelera. A estas alturas, su búsqueda se ha convertido en una obsesión. Pero como el profesor no contesta, le dejo un mensaje en el buzón de voz.

En ese momento Bruno recibe una llamada de una de sus amistades. Hablan de otros asuntos y al final aprovecha para cuestionarle:

—¿Te acuerdas del alemán con el que estuvimos tomando chopitos el otro día por la Acera de la Marina?

—Sí, le dejé en el hotel AC Málaga Palacio. A la mañana siguiente tenía un vuelo para Mallorca.

SÁBADO 28 DE JUNIO

07:30 A.M.

En el control de equipaje nos requisan los botes de colonia.

Le digo a Sandra que no entiendo el motivo, dado que en cualquier trayecto se suda y que la colonia podría servir para refrescar al viajero. Pero ella me explica que haciendo que los pasajeros huelan muy mal, el piloto se esfuerza por llegar antes.

8:20 A.M.

Volamos rumbo a Mallorca, una de las islas que, junto con Menorca e Ibiza, componen el archipiélago balear. Según la guía, la ínsula cuenta con parajes de gran belleza, pequeñas calas con aguas azul turquesa y una temperatura envidiable. Los dos principales motores de su economía son el turismo A y el turismo B.

Cuando atravesamos el Mediterráneo en el avión de Ryanair, la azafata sale y pregunta si algún pasajero posee conocimientos científicos. Alzo la mano y me pide si podría acompañarla hasta la cabina del piloto. Me levanto y la sigo con cierta perplejidad. Al entrar, veo que la pantalla del ordenador de a bordo se ha vuelto de color azul y que hay un mensaje que dice:

```
Error de sistema. Ha ocurrido una excepción
06 en 0028:C1183ADC dentro de VXD del disco
03. Presione CTRL + ALT + RESET para reini-
ciar. Se recomienda realizar esta operación
con el avión en tierra.
```

Tras leer el texto, trago saliva con templanza. Le pregunto si el sistema operativo es original. La azafata me comenta que la compañía lo compró en un mercadillo en Albania.

—¿Podría guardar eso alguna relación con la avería? —inquiere ella.

Tal vez. Aunque tampoco hay que desestimar el hecho de que las piezas del Boeing hayan sido compradas en un desguace en Calcuta.

Le doy unos cuantos manotazos a la pantalla y en el monitor comienzan a aparecer fotos y más fotos de jovencitas griegas en bikini. Doy otro porrazo y aparece una partida de PacMan, con el comecocos amarillo y los fantasmas azules revoloteando por las esquinas del laberinto. El piloto me mira aterrorizado.

Entonces le atizo varios golpes a la pantalla hasta que reaparece la ruta de vuelo y el avión se alza con brusquedad... ¡Uff, menos mal!

09:18 A.M.

Pillamos un taxi. Nada más entrar estampo mi culo sobre una ensaimada que un payés se ha dejado olvidada.

Durante el trayecto, miro por la ventanilla con gesto imperturbable mientras me chupo la crema del dedo.

Sandra se tapa los ojos con la mano y mueve la cabeza en actitud de negación.

10:00 A.M.

Para mi sorpresa, el taxista no nos hace ningún tour por otras poblaciones cercanas. Pasamos ante el puerto de Mallorca. A mi izquierda veo yates, embarcaciones de recreo, salas de fiestas y, al fondo, la catedral gótica. En la isla se habla mallorquín, un dialecto del catalán. Pero no hay problema. Si el viajero quiere hacerse entender, no tiene más que mostrar billetes de 500 euros.

10:30 A.M.

Sandra y yo ocupamos dos habitaciones en el hostal La Perlita. El establecimiento se encuentra en la tercera planta de un edificio del casco antiguo.

En todo el mundo, las grandes cadenas hoteleras tienen la costumbre de dejarte en el cuarto algún detalle de bienvenida, ya sea una cesta de frutas, un ramo de flores o un par de bombones de menta sobre la almohada. En el hostal la Perlita han llevado un poco más lejos la hospitalidad y, en lugar de bombones de menta sobre la almohada, nos dejan un chicle ya masticado. Eso sí, cuando inspecciono el baño, compruebo que han tenido el detalle de pasar la escobilla por el retrete. Siguiendo a Paulo Coelho, interpreto este gesto de cortesía e higiene como otra señal de esperanza que me manda la vida.

11:19 A.M.

Me permito un desayuno gargantuesco que nada tiene que ver con el café negro y el paquete de pistachos que suelo tomar en la universidad.

Desde primera hora comienzo a analizar documentos sobre la isla, tratando de comprender cómo funciona el sistema económico local. Leo los periódicos del día y observo que en Mallorca el Ayuntamiento regula asuntos tan importantes como la planificación urbanística, los transportes o el reparto de sobornos.

Eso sí, Sandra pasa la mañana tratando de localizar a Klaus en los hoteles de Palma. Telefonea y acude a la recepción de muchos de ellos. Pero sin suerte.

Yo regreso de la Cámara de Comercio y paso a limpio algunas notas sobre las costumbres de la numerosa colonia germana. Los datos indican que el turista medio gasta 108 euros diarios durante los nueve días que suele durar su estancia. Además, según las estadísticas, los viajeros puntúan con un ocho la belleza del paisaje. Hay que decir que, en general, no andan descaminados, ya que las vistas son espectaculares. Aunque te puede ocurrir como a nosotros y que la ventana de tu habitación dé a la zona de carga y descarga de los supermercados Mercadona.

11:20 A.M.

Continúo estudiando las cifras. El ratio de ingresos obtenido por cada turista es apabullante. Los habitantes de la isla han ideado retorcidas formas de sacar el dinero a la gente, desde la visita a las cuevas del Drach hasta los torneos medievales, pasando por la venta de perlas Majorica. No hay que estar muy ciego para entender que poseer una isla en el Mediterráneo supone un negocio muy sustancioso.

Las únicas ideas que se me ocurren para que los alemanes tengamos un centro turístico de un atractivo similar son:

Condonar la deuda bancaria española a cambio de quedarnos con la ínsula.

Lograr que ingenieros alemanes construyan una isla artificial en el Mediterráneo, en la que se reproduzcan las condiciones de vida de España a un coste atractivo y empleando a aborígenes locales.

Usar el viejo método alemán de arrebatar el territorio por la fuerza. Si eso no fuera posible, yo abogaría por el intento de domesticar a la población autóctona mediante la idea de un gobierno títere.

Pero Sandra lee por encima mi escrito y me corrige:

—Helmut, llegas tarde. Lee los periódicos españoles: la idea de un gobierno títere hace tiempo que ya está en marcha.

12:11 P.M.

Suelto el bolígrafo y descanso un poco. Estiro las manos y el cuello. Y me froto los ojos.

El sol de estos días ha provocado que mi calvorota luzca como una enorme bombilla roja. Frente al espejo, observo que tanto trasiego, tanto caminar por las aceras de este país me ha hecho perder algunas onzas. Para comprobarlo, doy un saltito sobre la báscula. Pero el aparato se parte en dos. Pensando que todo alemán lleva dentro un ingeniero, recompongo las piezas como puedo. Sin embargo, minutos más tarde me veo obligado a deshacerme con disimulo de los muelles, los cristales y las tuercas en las distintas papeleras del hostal situadas en los pasillos.

01:00 P.M.

Para almorzar, elegimos el Asador Juanito, un restaurante de cuatro tenedores que aparece en todas las guías de restauración. Debo confesar que estoy contento. Ya iba siendo hora de que visitásemos algún establecimiento de gama alta.

01:20 P.M.

Entramos en el local. Se encuentra vacío. El camarero dice que ahora viene.

01:40 P.M.

Empieza a llegar gente. El camarero dice:

—Ahorita mismo.

02:00 P.M.

El local se ha llenado. El camarero pasa corriendo en dirección a otra mesa, me mira y recuerda:

—¡Ah! Sí...Ya estoy.

03:00 P.M.

El camarero pasa corriendo en dirección a otra mesa y al vernos dice:

—¡Vaya! Mecachis. Un segundito, amigo.

04:00 P.M.

El camarero pasa corriendo en dirección a otra mesa. Con orgullo, dice:

—Me acordé.

Y nos arroja la carta para que elijamos un plato. Como tenemos mucha hambre, elegimos los de más fácil preparación: patatas y huevos fritos con ajos.

04:40 P.M.

Nadie nos toma nota.

04:50 P.M.

Por fin apuntan la comanda. El ruido de los comensales nos impide hablar en voz baja. Planteo la posibilidad de solicitar megáfonos para comunicarme con mi compañera de enfrente. Pero sopeso la idea. Temo que los demás clientes nos la copien y, entre todos, se forme un guirigay de cojones.

05:00 P.M.

El camarero regresa y dice que no hay patatas. Y sólo queda un huevo.

—¿Lo echamos a suerte? —sugiere con simpatía.

Le digo que nos cuente qué narices se puede comer. Me dice que va a preguntar.

06:30 P.M.

El camarero regresa. Me contesta que la cocina está cerrada y que nos pasemos mañana para probar sus deliciosos platos.

Nos cobran el agua y los picos de pan y nos ofrecen un chupito de licor de manzana, que, como es natural, me resulta indigesto por hallarme con el estómago vacío.

¡Ay, qué país!

DOMINGO 29 DE JUNIO

08:05 A.M.

Desayuno. Salchichas, huevos y pastel de chocolate. Me doy varios manotazos en la barriga y me pongo en pie. Me miro de reojo en el espejo del vestíbulo. Aún no ha desaparecido la marca del gorro de natación sobre mi frente. Ayer el socorrista de una piscina me obligó a usarlo, pasando por alto el asunto de mi calvicie. Como no había ninguno de mi talla, forzamos un poco la máquina y hoy tengo el dibujo del elástico marcado con fuerza sobre la piel.

Al seguir algo estancados con nuestra investigación sobre el profesor Klaus, le digo a Sandra que deberíamos regresar a Madrid en espera de alguna pista más nítida. No quiero gastar dinero y más dinero y que mis superiores se enfaden.

Sandra me responde con unas sabias palabras:

—Chiquillo, tú mira para adelante y ya saldrá el sol por Antequera.

Mi traductora me insiste en que visitemos alguna de las zonas de turismo de aluvión.

—Necesitarás esos datos para completar tu informe.

De modo que pillamos un autobús y viajamos hasta la localidad costera de Magaluf. El lugar se ha hecho conocido porque hace unos días un pub de la zona organizó un concurso de mamadas. Al parecer, una joven inglesa realizó 22 felaciones en 2 minutos. Sin duda, un hecho escandaloso porque dedicar 2 minutos a cada pene me parece muy poco tiempo.

De todas formas, las autoridades han tomado cartas en el asunto. Una comisión de concejales del Ayuntamiento ya ha examinado el local, ha inspeccionado el vídeo y le ha pedido a la felatriz que los visite esta noche en su casa.

Como es lógico, los padres de la joven han condenado lo ocurrido mientras la noticia daba la vuelta al mundo y ella aceptaba las 456.000 solicitudes de amistad que ese mismo día le surgieron en Facebook.

06:23 P.M.

En Magaluf las calles están repletas de nórdicos. La música ensordecedora satura los oídos. Un río de gente camina de un lado a otro con la mirada vidriosa y aspecto ido. Y yo sudo. Sudo mucho. Hay tanta gente que cuesta trabajo avanzar. Y como luzco sandalias de esparto, temo rajarme los pies con los cristales rotos de los cascos de litrona.

La mayoría de los turistas portan enormes vasos de plástico cargados de bebidas alcohólicas. Huele a coñac, a ron, a ginebra, a whisky. A hachís y a marihuana. También a crema para el sol. En el suelo hay vomitonas de pizza con piña y de lasaña al *funghi.*

Como buen alemán, me gustaría que los seres humanos se divirtiesen de otra forma. Pero no es fácil darle la espalda al alcohol. Posee un peso muy importante en cualquier sociedad. Ni siquiera Jesucristo pudo librarse de su influencia. De hecho, el Mesías sólo se hizo famoso cuando, en una audaz acción de márketing, regaló vino gratis a la gente en las bodas de Caná.

(A propósito, quisiera hacer un inciso: en Heidelberg solía pagar nueve euros por un litro de cerveza. En cualquier supermercado de Madrid encuentras la misma cantidad por un euro. Puede que eso explique la alegría de mis compatriotas en cuanto pisan suelo español).

Pero volvamos a Magaluf. Sandra y yo seguimos calle abajo, giramos a la izquierda y avanzamos con torpeza entre la procesión de gente con cogorza. Delante de mí tengo a mozos bailando y alzando los brazos. Los neones de los bares lo pintan todo de tonos rosa, verde y azul eléctrico. Resulta complicado diferenciar a los ingleses de los alemanes. Aunque, por regla general, los ingleses suelen vestir sandalias con calcetines marrones y tienden a saludarte haciendo un calvo.

Nuestro trayecto continúa. Nos topamos con un grupo de beodos que se sube al capó de un taxi y se divierte poniendo muecas porcinas a sus espantados pasajeros. No lejos de allí, una chica se baja las bragas, se coloca entre dos coches y expele un potente chorro de orina. Alguien de su pandilla le dispara un flashazo con su teléfono móvil. Su culo queda inmortalizado para la historia mientras dos policías locales tuitean lo ocurrido entre grandes risotadas.

07:32 P.M.

Sandra me dice que podríamos entrar en Karma's, una discoteca conocida por sus fiestas de la espuma. Yo creo que ya se ha cansado de mi aspecto y en realidad quiere ver a tíos cachas.

Lo cierto es que estos lugares siempre me han inspirado algo de miedo, pero a estas alturas ya me siento como pez en el agua. Así que apenas parpadeo cuando mis labios entran en contacto con el clásico cubata de garrafón.

De mi interior ha ido desapareciendo ese sentido utilitario que caracterizaba cualquiera de mis movimientos anteriores. En otra época yo pensaba que escuchar a Ricky Martin suponía una pérdida de tiempo. Me parecía que, en lugar de mover las caderas toda la noche al ritmo de una salsa, lo más práctico era volverse a casa y embarcarse en la lectura del *Frankfurter Allgemeine Zeitung*. Sin embargo, ahora me digo: ¿y por qué no? Total, ¿qué son para el cerebro cincuenta mil decibelios?

07:38 P.M.

Pasamos junto a una heladería y una tienda de bolsos. Después bajamos las escaleras, cruzamos la entrada de Karma's y nos zambullimos en el descontrol de cuerpos. Apenas veo fogonazos. Al fondo, sólo distingo un grupo de siluetas frenéticas que se quedan cinceladas en mi mente. Por fortuna, la iluminación cambia y Sandra y yo podemos acercarnos hasta la cabina del *disc-jockey*. Colocarnos bajo sus altavoces es lo más parecido a vivir en directo un bombardeo sobre Varsovia.

Lunes 30 de junio

11:23 A.M.

Como no quiero ser una carga para la universidad, decidimos volar otra vez con la prestigiosa compañía Ryanair. Pero a cinco mil metros de altura saltan las mascarillas de oxígeno y el avión entra en barrena.

Parece que la cabina se ha despresurizado. Todo el mundo piensa que va a palmarla.

Algunos pasajeros rezan. Otros lloran. Entonces la voz de la azafata, muy calmada, nos recuerda que podemos adquirir chalecos salvavidas al precio de 25 euros la unidad.

Le digo que quiero uno para mí y otro para Sandra. Con gran dominio de sí misma, la azafata se acerca con un lector de tarjetas de crédito. Pero estoy tan nervioso que no recuerdo mi número PIN:

«¿Es el 6734? ¿El 6732? ¿O acaso el 4376?», me pregunto.

Se oye un zumbido. La mano me tiembla. Vamos a morir. Ya veo los tornillos saltando, el techo salir disparado en dirección al sol... Imagino que en un segundo veré el cielo, las nubes, y el viento me abofeteará en la cara como si fuéramos dentro de un avión descapotable.

¡Tengo que darme prisa!

Entonces la azafata regresa por el pasillo con intención de ayudarme y me dice:

—Señor, si no recuerda la clave de su tarjeta, no podrá comprar un chaleco salvavidas y morirá.

Por fortuna, mi subconsciente proyecta en mi cabeza una imagen con una cifra. ¡Es mi número PIN!

Lo marco, el lector de tarjetas responde y logro hacerme con los preciados chalecos. Entonces sonrío satisfecho.

Cuando la azafata ha logrado vender al pasaje 124 chalecos salvavidas, le hace un guiño al piloto.

Este endereza la nave.

¡Hijosdeputa!

01:27 P.M.

Ya en la fonda. Saludamos a la señora Concha. La encargada me da un codazo, me guiña un ojo y me pregunta con un gesto si entre Sandra y yo ya ha habido tomate.

De manera lacónica pronuncio:

—*Nein.*

01:38 P.M.

Subo a descansar pero las preocupaciones me consumen.

Entonces decido darle un empujón al trabajo. Pero no a la manera ibérica, de quitármelo de la vista para no verlo, sino avanzando.

A pesar de ello, voy notando que mis prejuicios sobre este país han ido desapareciendo. Por ejemplo, he constatado que en España se es muy exigente en cuestiones de formación. Hoy mismo he conocido a un doctor en Ciencias Químicas que trabaja como mozo en una gasolinera. Si para trabajar como mozo en una gasolinera se exige un doctorado en Químicas, ¿qué formación se exigirá para trabajar como químico de verdad?

09:06 P.M.

Continúo con mi investigación nocturna. Me presento en la discoteca SABOR. Sandra se queja porque siempre la invito. Le digo que mañana le dejaré que pague. Pero conociendo los sueldos de los jóvenes españoles es probable que sólo pueda invitarme a un vaso de agua.

Junto a la puerta, pongo en práctica mi plan de ahorro: le digo a los guardas de seguridad que soy un profesor alemán y que quiero hacer un estudio. Me dicen que muy guay, pero que apoquine los 8 euros que cuesta la entrada.

Les explico que no puede ser, porque me ha contratado la Universidad de Heidelberg, cuna de grandes pensadores como Jürgen Habermas, Hannah Arendt o Max Weber.

Me dicen que el dato les podría resultar muy interesante si no fuera porque en realidad les suda muchísimo el rabo.

Así que a pagar.

09:18 P.M.

Entramos. Me pido un daiquiri que me cuesta cuatro perras. Su bajo precio me deja sorprendido. Las autoridades del país son más sagaces de lo que comenta la prensa extranjera. Históricamente, los gobiernos españoles han compensado las duras condiciones laborales de la población ofreciéndoles a cambio alcohol barato. Eso no sólo permite acabar con el excedente de vino, sino que —gracias a su continuada ingesta— los españoles apenas recuerdan cuánto cobran o cuándo. Como la población se pasa la mayor parte del tiempo de parranda, no importa que los políticos les mientan, dado que con la resaca lo olvidan todo pronto.

09:22 P.M.

Seguimos en la discoteca. Luces de colores. Chunda, chunda. La gente ya va cocida. A estas alturas, me he acodado en la barra. Haciendo equilibrios sobre un taburete, comienzo a pedir chupitos de tequila con limón y sal. Mi traductora me pide que salga con ella a la pista de baile, pero le digo que prefiero sentarme en el sillón. Ella insiste, pero después de todo el día con los pies embutidos en ese calzado conocido como zapatilla de esparto, tengo ampollas. Cuando estoy saboreando mi mojito, Sandra —que es todo inteligencia natural— se pone a bailar con un menda. Como un resorte me planto en la pista de nuevo. Y con movimientos sutiles, bloqueo al fulano hasta hacerle desistir de su actitud.

Mi chica se sonríe y sigue contoneándose. La muy coqueta me tiene en el bote.

Sabe que al final yo siempre hago lo que ella quiere.

10:00 P.M.

Con cincuenta y seis copas encima, noto que los pies se me van.

En la pista de baile, me abrazo a catorce chicas, me hago fotos con ellas y subo las imágenes a Instagram.

Durante un instante me invade el optimismo y pienso que por fin podré darle uso al preservativo que guardo en la cartera desde los antiguos tiempos de la RDA.

10:50 P.M.

La cosa se vuelve muy loca. Sandra ha bebido cuatro copas de champán y varios cubatas de ron con piña. Está fogosa.

Entonces me coge por la cintura.

¡Oh, oh! ¿Qué es esto?

¿Qué ocurre...?

Comienza a bailar a mi lado de manera sensual. Se desabrocha un botón de la blusa.

10:52 P.M.

Me acerca sus labios.

Me besaaaa...

¡Oh, Dios! ¡Es un sueño!

10:56 P.M.

Una cosa conduce a la otra, abandonamos el recinto y nos vamos pitando para la Fonda Mariano.

10:57 P.M.

En el asiento trasero del taxi, nuestras lenguas se enredan.

¡Qué frenesí!

11:10 P.M.

Ya en la habitación, abro la puerta y emplazo el cartel de «NO MOLESTEN».

11:11 P.M.

Estoy a puntito de hacer el amor.

Me tiemblan las piernas como si fuera un chiquillo.

Lo deseo con toda mi alma, pero, debido a mi volumen, no es fácil aparearse con una jovencita flexible que te saca treinta años.

Mi aspecto orondo dificulta cualquier acometida. Me choco con los muebles y hay posturas que no puedo practicar. La embestida por detrás queda descartada, dado que en esa posición me veo obligado a depositar mi barriga sobre su espalda, con el riesgo de dejar a Sandra paralítica para siempre.

Tampoco puedo ejercer el misionero, dado que ella correría el riesgo de morir por pánico, asfixia o aplastamiento. La experiencia me ha enseñado que, antes de hacer el amor, debo estudiar la calidad del mobiliario, la resistencia del colchón, la fortaleza de las sillas y la acústica de la sala. Pero claro, tantos requisitos me generan demasiadas inseguridades.

11:55 P.M.

Apago la luz.

Miro el reloj de la mesilla para inmortalizar la hora de tan importante evento.

11:57 P.M.

Fase de precalentamiento.

Sandra me muestra sus pechos. Intento que ella no note mi cara de agradecimiento infinito.

11:58 P.M.

Su lengua se abre paso en mi boca. Juguetea con mis dientes. Mordisquitos. Chupetones. Me dispongo a bajarle las braguitas.

¡Ay, mi gitana!

12:00 A.M.

Comienza el coito.

12:01 A.M.

Acaba el coito.

Satisfecho por el resultado, me doy unas palmadas en la barriga, me quito el sudor de la frente y la miro con una media sonrisa. Después mis manos tamborilean sobre mi vientre, a modo de pandero.

—¿Te ha gustado? —le pregunto, satisfecho.

Sandra me mira, se enciende un cigarro, inhala, expulsa el aire. Pasan los segundos. La cabrona no se da prisa, la verdad. Entonces, cuando ya estoy al borde de una taquicardia, me dice:

—En una escala del 1 al 10, siendo el 10 muy bueno y el 1 muy malo, te daría un menos 3.

12:02 A.M.

Durante los siguientes dos minutos sufro un incómodo ataque de tos.

12:06 A.M.

Sigue la tos.

12:07 A.M.

Respiro hondo. Intento calmarme. Carraspeo.

No es la primera vez que una mujer me humilla. Recuerdo que en 1977, la profesora Ingrid Lothar me dijo que hacer el amor conmigo era como montar en bici por Heidelberg. Y Heidelberg es una ciudad muy plana.

12:08 A.M.

Sandra se viste. Yo me subo la portañuela. Su silencio es demoledor.

Mientras se abrocha el sujetador, colocando cada copa de tela sobre cada uno de sus hermosos pechos, intuyo que no he estado a la altura.

¡Qué sensación tan embarazosa, por Dios!

12:11 A.M.

Mi amiga traductora sale de la habitación y da un portazo.

12:12 A.M.

Desde la ventana, la veo cruzar la calle. Alza la mano. Al instante, frena un vehículo con un piloto verde, se monta en un taxi y desaparece.

La calle se queda desierta.

12:15 A.M.

¡Asúmelo, Helmut!

¡¡SANDRA TE HA ABANDONADO!!

12:23 A.M.

Estoy en estado de shock.

Quiero bajar a la calle a que me dé el aire. Noto un sofoco intenso. Desciendo los escalones e intento salir fuera. Pero paso varias horas atrapado, dando vueltas y más vueltas, en la puerta rotatoria de la fonda.

12:30 A.M.

Un mozo tira de mí, desbloqueo la entrada y la cola de turistas japoneses con maletas logra acceder al interior.

12:46 A.M.

Deambulo por la ciudad sin rumbo. Mis pies avanzan.

Me invade la *weltschmerz*, esa sensación de que el mundo físico no se asemeja al mundo soñado.

Sin querer, alcanzo los suburbios.

12:53 A.M.

Por mucho que me empeñe, no puedo controlar los acontecimientos. Es como si en la sala de mandos del universo hubiera un gorila apretando botones a lo loco, creando conexiones inusitadas, aplaudiendo al ver sus efectos y riéndose de mí a carcajadas.

01:09 A.M.

Me quedo sentado en una terraza. Me pido un cubata. En el cristal de la copa de Ballantine's, observo el reflejo de mi cabeza con forma de huevo Kinder.

Estoy a punto de sumergirme en la melancolía más profunda cuando se acerca un sordomudo a venderme un poema y un encendedor Bic. Está feo decirlo, pero me dan ganas de abofetearle.

Martes 1 de julio

01:00 P.M.

Noche de juerga. Anoche me emborraché y perdí la consciencia. He amanecido sin camiseta, sentado en la silla de una terraza en plena vía pública. Como necesitaba dormir, apoyé el rostro sobre la mesa de chapa. Esa mesa ha estado varias horas al sol. Y eso explica que en mi rostro luzca ahora un veteado metálico con rombitos.

Asustado, he ido a la farmacia a que me vendieran una crema. Me han dicho que la que me compré en un bazar chino por 1 euro me está produciendo dos boquetes en las mejillas de los que sale un preocupante hilillo de humo negro. Hay que darse prisa. Tengo que aplicarme la nueva loción.

04:00 P.M.

Regreso a la fonda. Uso la crema de la farmacia. Después me siento en una silla porque necesito recuperar el aire. Para colmo, Berlín y Heidelberg me atosigan con emails llenos de consultas. Les contesto. El cansancio me vence, pero no lo bastante como para dormirme.

A media tarde, la temperatura es de 42 grados. El pegajoso calor me impide descansar. Abro las ventanas a la calle. Pero el roce de las sábanas con mi piel encallecida por el sol me hace pasarme la siesta dando grititos. ¡Aghhh!, ¡au!, ¡ooh! Hasta que un vecino muy molesto me pide que cierre las ventanas cuando me traiga a mi habitación a una prostituta.

07:08 P.M.

Dolor. Siento dolor. Estoy solo.

Por un segundo, pienso en arrojarme al vacío desde el Viaducto. Pero el coste de los destrozos que podría ocasionar y el hecho de que Berlín tenga que pagar la factura me frenan.

08:13 P.M.

A veces los hombres necesitamos un hombro en el que llorar. Me gustaría charlar un poco de todas las dudas que me angustian con mi tío Hauss. El problema es que no tengo ningún tío Hauss.

11:18 P.M.

He tomado cuatro copas de más. Algo beodo, entro en un Todo a Cien y salgo con una espada de Darth Vader en la mano y una peluca de color naranja en la cabeza.

Regreso a la Fonda Mariano haciendo eses. Las estatuas humanas de la Plaza Mayor me miran sorprendidas, en especial el Spiderman barrigón, el soldado verde y el Bob Esponja. Quizás temen que ahora vaya yo a hacerles la competencia vestido de mamarracho.

Con un gesto les indico que no tienen nada que temer y les echo una moneda en el gorro. El Spiderman barrigón me devuelve una señal de victoria.

Cuando paso junto a los soportales, el chino que da masajes de acupuntura me sonríe. Por algún extraño motivo siento que su gesto esconde una señal del cosmos: a través de la sonrisa del acupuntor, el universo me invita a resistir.

12:08 A.M.

La señora Concha me ve llegar con la peluca naranja y la espada de *Star Wars*. Entonces pone cara de asco y pronuncia la palabra julandrón.

Busco el significado de la palabra en el diccionario.

Cuando la encuentro, no me puedo dormir.

MIÉRCOLES 2 DE JULIO

08:45 A.M.

El abandono de Sandra ha abierto los canales de mi percepción. Ahora observo con mayor consciencia el mundo que me rodea. Frente a la ventana de la fonda, se ve la puerta de una iglesia. No puede tratarse de una casualidad. Al contrario. Esto me hace darme cuenta de que los españoles son un pueblo con una amplia concepción mágica de las cosas. Y esta forma mágica de entender el mundo se observa también en su planificación económica. Por ejemplo:

1. Deciden construir un centro comercial. A continuación, rezan para que no se vaya de presupuesto.
2. Una vez abierto, rezan para que se llene.
3. A los dos meses de su apertura, rezan para que no lo cierren.

Por desgracia, esa falta de inteligencia emprendedora se apoya en un exceso de confianza en lo que un único individuo puede lograr por sus propios medios. De esta última idea me he dado cuenta esta mañana. Resulta que le pido al camarero un café con leche, una de churros, una tostada con tomate, un zumo de naranja y un cruasán. Y el camarero no anota nada en su libreta: sólo hace un gesto de repetición, como si memorizara. Así que paso unos minutos sorprendido por la capacidad de retentiva de este gran profesional. Por la extraordinaria destreza para retener los datos y asociar la comanda a las caras de los clientes. Pero cuando el camarero regresa, sólo trae dos vasos de agua y una tapa de almendras. Así que muy mal.

10:01 A.M.

Como no soporto el cotilleo, regreso a la fonda, recojo mis pertenencias y me traslado a un coqueto apartamento a unas calles de aquí.

LUNES 14 DE JULIO

07:00 A.M.

Han pasado dos semanas. He decidido suspender los viajes y las excursiones sobre el terreno.

Los días han ido sucediéndose sin pena ni gloria. Me he alimentado a base de huevos duros con sal. A menudo me he quedado mirando cómo el huevo daba vueltas sobre sí mismo en el agua hirviendo. Veía cómo chocaba con las paredes metálicas del cazo y regresaba, meciéndose, despacio, hasta el centro. Así un día y otro. ¿Acaso hay algo más triste que tener una cacerola de solterón? Ese cacito pequeño que usas no sólo para ahorrar, sino porque, por encima de todo, vives solo. Y no sólo vives solo, sino que nunca viene nadie a verte. Ni vendrá.

Voy a abrir mi alma. Venga. Confieso que la basura ya huele y que la casa se me ha llenado de moscas, avispas y de una familia de lombrices formada por el señor Hermenegildo y Clarita, su encantadora esposa.

07:28 A.M.

Recibo un email desde Berlín. Están nerviosos con mi informe. Me piden que me dé prisa. Les digo que no sé hacer las cosas rápido, que por algo soy un empleado público.

08:13 A.M.

El cielo se encapota. Parece que va a haber una tormenta de verano. Entonces pienso que, como hombre, yo debería volver al mercado. Presentar una oferta interesante en las discotecas y esperar a que alguna chica realice una nueva adquisición. Pero enseguida tengo el pensamiento contrario. Si lo que quiero es una amante, me bastaría con viajar hasta el balneario de Baden-Baden y esperar a que alguna bielorrusa me eche el guante. Pero hay un problema: yo quiero algo más.

Yo quiero a Sandra.

08:46 A.M.

De pronto, estalla un cegador relámpago y una batería de truenos retumba en el cielo. Sobre la capital comienza a caer una tunda de agua.

Enseguida todo se llena de charcos y el piso se vuelve resbaladizo. Los forasteros se refugian bajo los toldos de las tiendas mientras los senegaleses ofrecen chubasqueros y paraguas a dos euros.

Yo me entretengo observando cómo las luces de los comercios generan reflejos de colores sobre el pavimento. Después, se me va el santo al cielo mientras miro a un cocinero que voltea pizzas junto a un escaparate. Mmm, ¡qué hambre!

12:07 P.M.

Sigo dándole vueltas a qué hacer cuando, en la pantalla de mi Blackberry, salta un SMS.

Tenemos que hablar.

¡Es SANDRA!

Me quedo un poco cortado. ¿A qué viene esto? ¿Le contesto en plan orgulloso o extiendo mis brazos en un gesto de perdón?

El cuerpo me pide ponerla en su sitio, darle una lección. Sin embargo, le contesto:

Cuando quieras.

Y le mando un mensaje con mi nueva dirección.

12:34 P.M.

¡No me lo puedo creer!

¡Suena el portero automático! ¡Es ella!

Enseguida recuerdo mi vieja afición al fútbol. Doy una patada y cuelo bajo la cama los calzoncillos sucios.

12:38 P.M.

La mujer que amo surge ante mi puerta. Está preciosa. Incluso parece más bronceada y rotunda. Luce un vestido corto de color naranja que le deja ver las piernas.

Nos miramos, titubeando.

—¿Por qué te fuiste? —le pregunto.

—Bueno, toda crisis significa oportunidad y por eso me he estado tirando a otro.

Me pongo pálido.

Pero enseguida Sandra me guiña el ojo, me da un codazo y me dice que no.

—Es broma. Tonto.

¡Qué *jodía*, me encanta el sentido del humor de la mujer española!

A continuación, deposita su mochila en el suelo:

—¿Puedo pasar?

—Claro —le digo.

Se asoma al pasillo y echa un vistazo. Su mirada recorre todo el apartamento. Aprovecho entonces para volverla a interrogar:

—Dime, ¿qué ha ocurrido entre nosotros?

—Tengo una regla: nunca me lío con gente para la que trabajo. Además, aquella noche bebí demasiado. Sin embargo, estos días me han servido para meditar y entender que, después de todo, el sexo no es tan importante.

—¿Lo dices en serio? —le pregunto ilusionado.

—No, pero bueno... Digamos que lo que te hace falta es practicarlo más.

Asiento con la cabeza. Los economistas sabemos que lo que hace al sexo tan valioso es su escasez.

Sandra prosigue:

—Helmut, me he dado cuenta de que me gusta estar a tu lado. Me haces reír. Y encima aprendo cosas. Tienes una manera de pensar muy lógica, ¿sabes? En mi entorno, el hecho de razonar no es algo demasiado común. No sé. La mera idea de que las cosas tienen un coste me resulta fascinante. Fíjate, mi madre trabaja como limpiadora en un ambulatorio. Desde siempre, se ha traído a casa todo lo que encontraba: vendas, medicinas, jeringuillas, bombonas de oxígeno, sillas de ruedas. Incluso una vez aparcó en el garaje una ambulancia. Eso por no hablar de los sablazos que le pegaba al armario de los bolis: de ahí caían libretas, grapadoras, tijeras, cajas de post-it, lápices, marcadores, clips, folios, carpetas, gomas de borrar, cedés vírgenes. Si no fuera por los robos periódicos que los padres cometen en los almacenes de sus empresas, muchos niños de este país no podrían disfrutar de material escolar. ¿Te das cuenta? Por eso no es bueno que cierren tantas empresas, porque se acaba la posibilidad de conseguir bolis y post-it gratis.

—Me hago cargo —le digo.

—Siempre pensé que aquello no era un delito, pero ahora vienes tú, con todos esos esquemas germánicos y, entiéndelo, mi mundo, toda mi infancia se tambalean...

—No sé qué decir —le respondo, apurado.

—Gracias, Helmut —me contesta cogiéndome las manos—. Gracias por abrirme los ojos.

En ese instante, Sandra y yo nos miramos. A continuación, me da un beso en los labios. Y, como es lógico, me siento el hombre más feliz de la tierra.

01:30 P.M.

Hablamos un poco de cosas sin importancia hasta que llega la hora del almuerzo. Como cualquier pareja que se da una segunda oportunidad, nuestros primeros pasos son de una exquisita diplomacia. Intentamos que no salten chispas. Y cuando coincidimos en el pasillo, la regla es la cortesía:

—Tú primero.

—No, mejor tú.

—Qué va, ve tú.

—Tú.

—No. Tú, tú.

—Tú, tú, tú.

Finalmente, Sandra entra en la cocina, comienza a sacar cacharros del altillo y me dice que mejor cocina ella. Le explico que en mi país hombres y mujeres nos movemos en el ámbito de la igualdad, repartiendo las tareas domésticas de manera equitativa. Sandra me dice que me salga de la cocina o que me da un escobazo.

01:41 P.M.

Tras un tiempo que considero prudencial, regreso junto a los fogones. La cortejo y le masajeo la espalda. Beso a Sandra en el pelo, pero le huele a aceite de oliva porque está friendo patatas. Entonces me aparto, le cojo las manos para besarlas, pero tengo que alejarlas de mi nariz porque los dedos le huelen al vinagre de la pipirrana.

Creo que será mejor que dejemos el sexo para el momento en que se haya dado una ducha.

04:57 P.M.

Antes de que pueda darme cuenta, Sandra saca una bolsa de basura y mete en ella toda mi comida precocinada. Adiós, pizza *prosciutto*. Hola, brócoli.

Le pido que respete mis donuts rellenos de crema, pero se muestra implacable. Me dice que ha llegado el momento de purificar mi hígado.

Después arroja a la calle las cajas de bombones de menta, los postres de gelatina, los restos de bizcocho cubierto de chocolate. Y yo voy detrás dando saltitos, viendo cómo se llevan a mis criaturas, mis compañeras, mis amigas, las galletas.

De una tienda de chinos, Sandra sube una caja de coles y las pone a hervir. Después la veo dibujando con letra infantil un organigrama con actividades que cuelga con imanes en la puerta de la nevera. En él se lee: «HORA DEL PASEO». Mucho me temo que la muy zorra me va a poner a caminar.

Miércoles 16 de julio

02:23 P.M.

Ayer no escribí porque quería saborear todas mis vivencias. También porque le di un pequeño empujón a mi informe adjuntando las estadísticas por ingreso de cada comunidad. El resto del tiempo lo dediqué a admirarla, a ver cómo mi gitana se movía, taconeando, entre decidida y segura, por su nuevo hogar. Experimenté esa impresión que a los hombres nos encanta: la de ver cómo una mujer te guía y sabe lo que hay que hacer en cada momento.

Salgo a la terraza y allí descubro geranios con flores amarillas y naranjas. El poto del salón, un ejemplar mustio y sediento que parecía derrumbarse pidiendo clemencia, ha ido a parar a la basura. Como todo soltero, soy un genocida de macetas.

El caso es que miro a mi alrededor y asisto maravillado a la conquista que ha hecho Sandra de mi espacio vital. He de reconocer que ha sido una anexión mucho más discreta que la que nuestras tropas llevaron a cabo en Checoslovaquia.

Veo cómo, por toda la casa, hoy han aparecido peines, barras de labios, cepillos para los rizos, cremas para las manos, dos pares de gafas de sol, tres bolsos e incluso un bote de perfume francés de la marca Yves Rocher, que ahora preside la repisa del baño. Veo quincalla femenina, los colgantes, las pinzas para el pelo, y comprendo que observar en detalle estos objetos produce en el hombre un placer delicioso.

Sandra también ha traído ambientadores con los aromas de bosque verde y de océano Pacífico e incluso ha tenido tiempo de pasarse por Zara Home y comprar un cojín muy colorido con la diosa hindú Shiva.

02:40 P.M.

El mero hecho de no pensar en el trabajo, en ese informe que tengo pendiente sobre el turismo en España, ya es nuevo para mí. Como la mayoría de los novios del mundo, aún tengo que asimilar las costumbres de mi actual pareja. Por eso no sé si cabrearme o dejarlo pasar cuando me despierta —dando codazos— a las 3:26 de la madrugada para que cambiemos el orden de todos los muebles del salón, incluyendo el descomunal aparador oscuro fabricado con madera de Castilla.

He de reconocer que estoy acostumbrado a mis rutinas y que me gustaba mi soledad.

No miento si digo que a veces cuesta mucho vivir en común, sobre todo cuando entras en el comedor y te topas de frente, sobre una mesa, con sus bastoncillos sazonados de cerumen.

04:13 P.M.

Sobremesa. Le hago ver que estadísticamente ya voy necesitando un achuchón. Me dice que ella decidirá cuándo.

Le traslado una petición: que sea pronto. A poder ser, en 1,20 segundos.

Me dice que cada cosa a su tiempo. Que ahora está planchando. Le digo que la ropa puede esperar.

Me dice que no.

Le digo que yo puedo aprender a planchar.

Me dice que no.

Le advierto que planchar puede ocasionar contracturas muy graves y dolorosas en la espalda.

Me dice que busque en el diccionario de alemán-español la expresión: «Te vas a quedar con el calentón».

04:24 P.M.

Lo hago. Pero en lugar de sentirme dolido por este desprecio, le digo que no me importa. Y enseguida le doy una charla de economía en la que le expongo que, desde una perspectiva histórica, la negativa de la mujer a mantener relaciones sexuales impulsó muchísimo a la especie humana. De hecho, para que la mujer tuviera tiempo libre y pudiera dedicar unos minutos a la actividad sexual, el hombre se vio obligado a inventar el servicio doméstico, la comida congelada e incluso artilugios como la secadora, la lavadora, el lavavajillas y el microondas. Cada excusa para no yacer era solventada por el hombre con nuevos inventos como la píldora del día después o la aspirina para el dolor de cabeza. Para llegar pronto a casa para echar un quiqui, el hombre inventó el avión y aumentó la velocidad de sus coches y sus trenes. Y para no tener que entretenerla tras el coito se inventó la televisión. Podría decirse que la mujer también fue el detonante de la carrera espacial. Aunque han proliferado los relatos imbuidos de épica aventurera, la razón de fondo fue otra: cuando la convivencia en casa se tornaba insufrible, muchos hombres pedían ser enviados al rincón más alejado de la galaxia.

08:24 P.M.

Sandra se pasea por casa con poca ropa. Pero no quiere sexo. ¿De qué coño va?

¿Acaso no tenemos pendiente una reconciliación? ¿Dónde se ha visto que la gente haga las paces sólo hablando?

11:21 P.M.

La cosa empeora. Me parece bien que ella administre como quiera sus orgasmos. Pero hace un rato acaba de prohibirme que baje al chino y compre un cubo de helado de vainilla de Häagen-Dazs. Para colmo, se ha hecho con el control del mando a distancia de la TDT. Sin pedir permiso, quita el canal que emite el delicado y sutil concierto para piano y orquesta número 2 de Rachmaninov y pone en su lugar las *Sevillanas de oro* de Los Cantores de Hispalis.

Mucho me temo que esto va a acabar muy mal.

Jueves 17 de julio

7:09 A.M.

Continúa la fase de abstinencia sexual. A ello se ha sumado mi frugalidad alimentaria. Acabo de subirme en la báscula. Peso 112 kilos. He perdido 3.

Me miro y no me reconozco. ¡Lo que daría yo ahora por una buena rebanada de pan de Westfalia!

08:35 A.M.

Descubro otra costumbre de la mujer española: evitar que su hombre moleste en casa y mandarle a hacer recados.

Bien temprano, Sandra me envía a la carnicería. Voy solo. Por lo que he entendido hablando con el charcutero, me dice que vuelva pronto, que me puede hacer un buen precio, y que el resto de la carne también se le está caducando.

09:02 A.M.

Cuando llego a casa, Sandra me pone a bajar de un burro, lo que despierta mis complejos y mis ansiedades. Enseguida detecto una curiosa paradoja:

las mujeres españolas mandan a sus hombres a que les hagan recados, aun a sabiendas de que ellos los harán mal.

En mi opinión, se trata de una clara estrategia de poder que conduce al varón a darse cuenta de sus limitaciones y a reconocer que necesita a una mujer en casa.

09:08 A.M.

Me tomo un té de menta y una tostada con tomate y aceite. Vuelvo a pensar con melancolía en la deliciosa bollería de mi país. Los alemanes siempre hemos necesitado a un líder fuerte que nos diga lo que tenemos que hacer. En nuestra casa, Sandra está interpretando ese papel. Le he hecho caso con la dieta. Y, al tomar verdura y eliminar la ingesta de productos cárnicos, mis deposiciones son menos olorosas, casi testimoniales, lo que está facilitando mucho la convivencia.

09:19 A.M.

Me pongo a trabajar.

Revisando mis notas, caigo en la cuenta de que el Palacio Real de Madrid no es, como el Palacio de Buckingham de Londres, un imán para los turistas. Sin duda, la imagen anacrónica de la monarquía británica supone un claro reclamo para el viajero. En las calles londinenses es fácil toparse con *merchandising* de la familia real inglesa. En cambio, el *merchandising* de los Borbones sólo se encuentra en las tiendas del Todo a Cien, y no en todas.

Como he podido observar durante mis paseos, el cambio de guardia en el Palacio Real apenas congrega a espectadores. Entre los años 1992 y 2005, España estuvo de moda en el mundo. Fotografiarse junto a sus instituciones políticas resultaba obligado. Pero la falta de carisma de los líderes políticos españoles es hoy más evidente que nunca. Así que ya nadie se hace una foto frente al Congreso.

Durante la Transición, hubo que apuntalar con urgencia la figura del nuevo rey. Su abuelo había abandonado el país tras la proclamación de la República. A partir de 1976, para hacerle simpático a las clases populares, se difundió su afición a las mujeres y a la fiesta y su poco interés por la lectura. Como es lógico, estas características le convirtieron enseguida en el personaje favorito de los españoles.

05:28 P.M.

Ya de regreso. Salgo al balcón y tiendo la ropa para quitarle el olor a humo. Paso la tarde investigando cifras y porcentajes. Después me tumbo en el sofá para hacer una pausa. En las noticias hablan sobre la misión de la NASA a Marte. Hay mosqueo con los científicos españoles que coordinaron el proyecto porque el robot sólo envía imágenes de ecografías.

¡Ay, qué país!

10:00 P.M.

Hora de la cena. Sandra me pone endivias y alcachofas con aceite y vinagre.

¡Esto se está pasando de castaño oscuro!

En cualquier momento, mi novia española me pide que salga a hacer *running* y me obliga a quemar calorías. ¡Qué manía les ha dado a todos con correr!

Pero es que a todas horas me persigue. Va detrás de mí. Incluso vigila mis incursiones nocturnas en la cocina. Por la mañana, inspecciona el cubo de la basura para ver qué cayó anoche. No acaba ahí la cosa. Cuando vamos al supermercado, coge los alimentos y revisa su composición. La verdad, yo intentaba contagiarme de la flexibilidad y laxitud mediterráneas, quería tomarme las cosas un poco más a la ligera y mira por dónde he acabado viviendo con la puta Gestapo.

VIERNES 1 DE AGOSTO

07:01 A.M.

Muesli. Otra vez muesli.

¡Puag!

¡YA ESTOY HARTO!

07:08 A.M.

Por favor, que alguien le diga a Sandra que tire a la basura la ensalada de brotes de soja. Y los tarros de cristal con yogur desnatado. ¡No los soporto!

Lo siento, pero cada vez me cuesta más adaptarme a sus gustos.

Esta mañana, ella quería que fuéramos al Sónar, un festival de música electrónica que ha sido reconocido en toda Europa como el mejor modo de perder un oído. Naturalmente, le dije que no.

Pero me da miedo que ella crea que está con un señor mayor que no tiene ganas de nada y que luego aparezca cualquier canalla y me la robe. Me invaden los celos cuando empieza con las risitas y consulta a cada rato su whatsapp, y a mí me da por pensar que quizás tontea con otro. Por ejemplo, no sé si habla con ese italiano de Bolonia, el Erasmus musculitos que le hace la rosca y le manda mensajes a las doce de la noche diciendo que la quiere invitar a tomar grapa. O si está cuchicheando con sus amigas, como hace cuando traen una botella de vino a casa, las muy borrachas, y se encierran en el salón a hablar de sus asuntos, descalzas, mientras yo oigo a Brahms con los cascos, continúo con mi investigación y descubro datos curiosos, como que los turistas árabes se dejan el doble de dinero en Andalucía. Y entre tanto, ellas siguen a lo suyo, hablando en un español veloz del que apenas entiendo cosas como:

—¿De verdad te lo tiraste, tía?

Sandra debe de entender que a mi edad uno se siente más vulnerable. Y que cuando se tienen cincuenta años hay cosas que te dan mucha vergüenza. Yo intento ir a su paso, y en el metro me esfuerzo por subir los escalones en lugar de usar la cinta transportadora. Me he comprado un bolso en banderola, donde llevo la libreta, el iPad, sus cargadores de batería. Pero ¿qué más puedo hacer? Le permito que vista esas sandalias de estilo romano, la falda corta, el sujetador negro e incluso ese top que imita la piel de leopardo. Y cuando la oigo decir burradas para hacer unas risas con sus amigas, pienso que en realidad se ha criado en un establo.

En serio. Estoy preocupado. No logro llevar a mi novia española por la senda adecuada.

A la menor oportunidad se baja a la terraza de casa a tomarse unas cervezas con sus amigas *hippies*. Chicas que visten pantalones morunos, van descalzas, no se afeitan el sobaco, lucen pendientes en la nariz y anillos en el clítoris. Y yo le digo que el ambiente de la

Tabacalera, un centro social okupa, me hace sentir incómodo. Pero ella, nada.

Como no quiere que yo desentone en su círculo más íntimo, Sandra me ha obligado a vestir pulseras de hilo de colorines, de esas que fabrican sus amigas. También me ha forzado a deshacerme de mi pantalón gris de tergal y de las camisas con bolsillo para meter los bolis. No entiende que estos cambios se me hacen demasiado revolucionarios y que, en el fondo, yo no soy más que un viejo conservador alemán. Eso sí, enamorado.

Ayer mismo me trajo una camiseta de un superhéroe de Hollywood que había comprado en el Rastro. Cuando vi la figura de Thor, con su martillo de acero, se lo dije:

—Sandra, ¿cómo voy a ponerme esto? ¡Estoy a punto de cumplir cincuenta y un años! ¡No me parece serio!

—Con tus bermudas en plan pirata hace un conjunto muy desenfadado —argumentó.

—Si me pongo esa camiseta, todo el mundo creerá que ya estoy senil. Por lo que más quieras, vuelve a la tienda y descámbiala —le supliqué.

Así que me hizo caso. Y al rato regresó con una camiseta de las tres tortugas Ninja en posición de combate. Como soy un hombre débil y no quiero que me cierre el grifo del sexo, al final me la puse.

¡Ay, si me hubiese visto de esta facha la catedrática y profesora Greta Achenbach!

08:21 A.M.

Me pasa lo mismo cuando vuelvo a casa y veo a Sandra dando brincos, moviendo los brazos, con la música a todo trapo, oyendo esos temas que hacen las delicias de los muchachos de veinticuatro años. Entonces no puedo evitar sentirme fuera de lugar.

También porque a mí me gusta la soledad. Me divierte quedarme a solas. Puede decirse que soy un hombre mental. Las cosas ocurren dentro de mi cabeza. No preciso de estímulos externos. Sólo así se explica que me haya pasado treinta años recluido en la biblioteca de la universidad.

Y ahora, entro en mi casa y siempre me la encuentro repleta de gente. Un cumpleaños por aquí, una degustación de vino por allá. Por no hablar de cuando sus amigos le traen un bizcocho hecho con hachís. Para quien no lo sepa, el hachís es una sustancia que viaja empaquetada en el recto de otra persona. Que por mucho que uno sienta interés por otras culturas, aquello no deja de ser un culo.

No sé cómo lo hacen, porque Sandra no tiene ni un duro, y mucho menos sus colegas traductores. Pero entre unos y otros han convertido mi salón en un club social de aspecto alternativo.

En situaciones así me pregunto: ¿por qué los españoles son incapaces de pasar poco tiempo sin ver a sus amigos? ¿Qué trabajo les cuesta disfrutar de unas horas de silencio?

Me ocurre cuando vengo de algún viaje y hace mucho que no nos vemos y tengo unas ganas locas de abrazarla. De darle un buen achuchón. Pero al llegar a casa me encuentro con que ha venido a verla una de esas *hippies,* Noemí, con sus pies negros de andar descalza y sus faldas del Nepal. La tía charla por los codos. Pasan las horas y no se da cuenta de que molesta.

A mí se me cierran los ojos. Pero ella no ve que aquí hay un hombre que tiene unas necesidades sexuales. Y una urgencia. Entonces le lanzo indirectas. Empiezo a mirar la hora de manera insistente. Me acaricio la muñeca. Señalo el cajetín y las manecillas del reloj. Pero Noemí cree que sólo soy un capitalista imbécil que trata de presumir de Rolex.

Lo cierto es que uno se cansa de tantas dificultades. Y a eso se suma que Klaus no da señales de vida, que el tiempo se agota y que cada documento que solicito me tarda tres días en llegar. De hecho, cuando me desespero pienso que debería titular este diario como *MI LUCHA... en España.*

SÁBADO 2 DE AGOSTO

09:03 A.M.

Salgo a la calle.

Como la nevera no funciona, los alimentos se estropean. Así que sólo puedo comprar cosas que no se echen a perder. A escondidas, adquiero tres palmeras de chocolate.

09:46 A.M

Me siento en un banco. Me jamo la primera. Pero cuando estoy a punto de darle un mordisco a la segunda, Sandra aparece por detrás y me tira de la oreja.

—¿Qué haces? —me espeta.

Entonces me intenta arrancar la palmera de las manos. Yo intento protegerla con el cuerpo, cubriéndola, pero en la refriega sólo consigo mancharme los dedos de chocolate derretido.

Desilusión.

02:03 P.M.

El filete que ha cocinado Sandra está duro como el acero de Krupp. Pero hay que asumirlo: en la vida nada es gratis. Todos tenemos que pagar un precio por lo que hacemos, incluso por convivir con otras personas. Por ejemplo, cuando mi novia española hace ensalada, la adereza con pimentón y especias como el hinojo, la pimienta negra, el orégano, el curry, el cilantro, el clavo, la nuez moscada, el pimentón, el enebro y la vainilla. El engendro sabe a rayos, pero el amor que le tengo me hace perdonar. De hecho, Jesucristo decía que el amor es perdón. Pero eso es porque él nunca probó las ensaladas de Sandra.

Tampoco conviene ser tan estrictos. Vivir en pareja también te brinda regalos maravillosos. Como cuando Sandra se quita el camisón para vestirse y yo estoy frente a la hoja de Excel y le veo los pechos, y enseguida me olvido de la cifra que iba a anotar en la casilla, si era cuatro coma seis, seis coma cuatro, cuatro con dos, dos con dos, o vete tú a saber.

O por la noche, cuando refresca y se pone un jersey de lana a rombos, o cuando se toma una rodaja de melón muy lentamente y me mira sonriendo, o cuando se carcajea porque nos estamos comiendo una paella y yo aprieto el limón y el chorro me da en los ojos.

Tengo que reconocer que estoy aprendiendo mucho. Desde que estoy con ella soy más diligente con los geranios, ya no los riego tanto, e incluso aprecio otras profesiones que antes odiaba, como la de pinchadiscos. Ya lo dijo Jung: como si fuésemos dos sustancias químicas que entran en contacto, los dos nos hemos transformado. Y cada vez me da menos vergüenza contarle cosas de mi juventud, como el miedo que sentíamos cuando yo era pequeño a un holocausto nuclear. Le explico que en la escuela hacíamos ejercicios para saber cómo refugiarnos en caso de ataque y a ella le parece raro y sólo alcanza a decir:

—¡*Joer*, qué fuerte! ¡Se os iba la olla, *tron*!

Entonces me siento como un dinosaurio. Pero luego, cuando Sandra me cabalga, casi me dan ganas de llorar de la emoción. Veo sus pechotes y no me lo creo. Encima, mi novia española no tiene vergüenza de nada. Lleva condones en el bolso y no le importa pasearse en bragas por la casa. Y ni siquiera echa las cortinas cuando hacemos el amor.

Cuando acabamos, me pongo triste al pensar que yo debí haber nacido en este tiempo promiscuo y que —por culpa de mis padres— me he perdido experiencias muy ricas. No sé a qué vino tanta prisa. Papá y mamá podrían haberse esperado veinte años para engendrarme.

No sería lo mismo si Sandra tuviese mi edad y fuese alemana. Los dos habríamos oído los mismos discos. Ella sabría al menos ciertas cosas de la historia de Europa. No tendría que explicarle las cuestiones más básicas, como que Gorbachov no es el nombre de una marca de neumáticos.

Pero lo cierto es que poco a poco ella va sintiendo curiosidad. De vez en cuando me pregunta:

—¿Cómo era el mundo entonces, Helmut?

Y tengo que darle datos de Stalin y de las dos Alemanias. Y ella se queda perpleja y me pregunta:

—Yo creía que la Guerra Fría era un conflicto entre dos compañías de helados.

Y miro al techo y cuento hasta cien, muy despacio, con calma, respirando hondo, y entonces vuelvo a sentirme un anciano.

Pero hay otros detalles que no le cuento, cosas más fáciles de hablar con un hombre, como lo duro que era en mi época llevarse a una mujer a la cama.

Ya he dicho varias veces que yo nunca tuve demasiada suerte con las mujeres. Para empezar, había que doblegar a la chica, hacerle regalos, ser cortés, aturdirla con palabras, suplicarle, comerle la cabeza, declararle tu amor poniéndote de rodillas y ya, si nada de eso funcionaba, recurrir a trucos más sucios como darle toneladas de alcohol. Al final, los tíos fuimos depurando la técnica y vimos que lo más rentable era ir directos a darles alcohol.

Detrás de cada polvo de un hombre había una épica, un triunfo, una historia de superación personal. Tenías que pasar por encima de los reparos morales de ella, de su educación religiosa. Tenías que superar la angustia que te daba telefonearla a casa y que contestase su padre. ¡Dios, era lo más parecido a asaltar los muros de una fortaleza! Al coito se llegaba exhausto. Recuerdo que cuando algún compañero triunfaba, los demás lo celebrábamos como si hubiese sido una victoria nuestra. Aquello era toda una hazaña.

Con el paso del tiempo, pienso que esa resistencia de las mujeres al sexo fue buena para el futuro de la especie. Creó una sociedad de hombres empecinados. Ahora, conseguir sexo de una chica se ha vuelto mucho más fácil. Y, la verdad, eso ha creado una generación de hombres pusilánimes y poco curtidos en la adversidad.

Domingo 3 de agosto

08:32 A.M.

Pongo la tele. Hay una tertulia. Veo a una mujer catalana chillando.

Sandra me explica que se trata de una tal Pilar Rahola.

Le doy al botón de OFF.

08:33 A.M.

Un pensamiento: si aumentase la calidad de la enseñanza universitaria, los universitarios exigirían mejores contenidos en televisión y el equilibrio de todo el sistema político español se resentiría.

09:15 A.M.

Tras leer un libro de Paulo Coelho, le pido al universo que el profesor Klaus Grunzenhauser aparezca de una puñetera vez. Sandra dice que el universo te da todo lo que le pides. Al parecer, lo único que no puede hacer el universo es impedir que te lleguen multas de tráfico al buzón.

Por fortuna, como es astuta, Sandra levanta el pie del acelerador, suaviza el marcaje que me está haciendo y me permite que hoy comamos fuera.

02:36 P.M.

Caminamos hasta la calle Huertas. En uno de sus restaurantes, degustamos una riquísima paella valenciana. Según el camarero, el marisco ha sido recién pescado. Pero mi organismo responde a su afirmación con una colitis instantánea. El médico del SAMUR me dice que no puede hacer mucho por mí, que no hay esperanza y que sólo tenemos que esperar a que se vacíen mis intestinos.

Sandra y yo vamos a casa a toda mecha dejando un reguero por las calles Costanilla de la Trinitaria, Lope de Vega y Cervantes. A cada pocos metros me paro, estiro la pierna y me sacudo lo que chorrea. Junto al hostal Vetusta y al restaurante Il Piccolino de la Farfalla, noto que estoy a punto de alcanzar la traca final.

Por suerte, realizo una contracción de los músculos del intestino y logro llegar al apartamento y atrincherarme en el baño.

La siguiente imagen que me viene a la cabeza es la de una pistola neumática esparciendo gotelé.

Sandra deja las ventanas abiertas para airear la estancia y me dice que regresará pronto. Yo me quedo exhausto, mirando al fondo del váter, contemplando el Stalingrado en que se han convertido mis tripas.

04:04 P.M.

Ya puedo decirlo. Algo pasa. Algo profundo, espiritual. Quiero saber por qué soy como un imán para las cagadas.

05:24 P.M.

Cuando estoy a mi bola, tocan en el timbre. Una señora alta, con nariz de pájaro y rictus severo, me dice que es la presidenta de la comunidad de propietarios e inquilinos y que debo asistir a un acto social conocido como reunión de vecinos.

Dado el poder adquisitivo de los habitantes de este edificio, el evento se celebrará en el interior del portal, concretamente en el pasillo de entrada, entre la puerta principal, el ascensor y el cuarto de la basura.

07:00 P.M.

Me siento muy mareado. El cólico de esta mañana aún me tiene a su merced. No sé qué ha podido ser, si la culpa ha sido de la paella, de los jureles que pusieron de tapa o de algún virus que flotaba en el ambiente. Siempre he pensado que esos mosquitos muertos pegados al cristal de las aceiteras no pueden traer nada bueno.

Tal vez necesite hacer algo para inducirme al vómito. Sandra me dice que pruebe con una película de Michael Bay. Pero como me puede la responsabilidad, no le hago casa y decido acudir a la reunión.

08:02 P.M.

Me presento a la hora en punto, no hay nadie. Así que me coloco entre el extintor, la papelera donde se arrojan los folletos comerciales y la maceta pocha.

Para hacer tiempo, me entretengo leyendo los avisos colocados en el corcho. Veo publicidad del restaurante chino LA GRAN MURALLA, que ofrece comida a domicilio. Hay una pegatina roja del Telepizza y otra que dice: «CARPINTERÍA METÁLICA CARRASCAL - REFORMAS EN GENERAL».

08:30 P.M.

Pasan treinta minutos. Comienza a llegar gente.

—Hola.

—Hola.

—Hola.

Yo saludo con la mano.

—*Hallo.*

Todos se ponen a mirar al suelo, a la pared o al buzón. Capto cierta incomodidad. La propia de llevar cuarenta años siendo vecinos.

08:34 P.M.

Algunas residentes bajan despeinadas y en bata mugrienta. Otras se han pintado como si fueran a la ópera. El vecino del 4º A no se quita las gafas de sol en ningún momento y la presidenta me comenta que es militar en la base de Torrejón.

También han venido el amante del bricolaje, la histérica que da gritos, la vieja de las toses, la ancianita del perro y la tímida peluquera.

09:00 P.M.

Se procede al orden del día.

ASUNTOS:

La sustracción del extintor.

La sustracción de las cartas del buzón.

La elección de la nueva presidenta: ¿quién se come el marrón?

10:00 P.M.

Tras analizar los objetos encontrados en el patio, se procede al reparto de 7 pinzas de la ropa entre sus propietarios. Queda reflejado en acta que también han aparecido un trapo para el polvo y los restos de una maceta rota.

La señora Consuelo (del 3° B) aguarda a que todos se marchen. Entonces entra en el patio a escondidas y recupera unas bragas de color carne. Así que subo a casa y, como otras tantas veces en este país, anoto el evento en la casilla «PÉRDIDAS DE TIEMPO».

10:30 P.M.

Me tumbo en el sofá. Me descalzo. Y siento como una liberación. De nuevo el placer de los dedos liberados, empapados de sudor, y por fin frescos.

Después enciendo la tele y paso un rato saltando de canal en canal. Anuncios. Anuncios. Seriales de amor. Sandra se muestra cariñosa y decide sentarse a mi lado. Nos arrellanamos en el sofá. Ella apoyando la cabeza sobre mi tripa.

Por suerte, nos topamos con una película nacional, así que decidimos verla. Va de unos campesinos muy pobres en un pueblo de La Mancha. Lo pasan muy mal todo el rato. Nunca llueve. Los jueves el capataz viola a sus hijos. El domingo se orina en lo que cocinan. Después de muchas peripecias, cuando parece que la familia va a salir a flote, se les muere el caballo con el que trabajaban. Entonces el padre, con un cabreo enorme, mata a la madre con una azada. A continuación todos lloran y comienzan los títulos de crédito.

Me quedo chafado, sin saber qué decir.

Me levanto a por un vaso de agua. Por el camino pienso que, en todas las películas que he visto aquí, los personajes siempre tienen las mismas profesiones. Intrigado por mi hallazgo, visito la página del Instituto Nacional de Estadística. Según su base de datos, los empleos más comunes entre los personajes del cine español son:

MENDIGOS 56 %
SEÑORITOS 46 %
CIENTÍFICOS 0 %

Por si fuera poco, Sandra me hace notar que esta es la quinta película que vemos en la que salen descampados. Al parecer, los directores españoles sienten una enorme fijación por estos espacios. Sandra cree que se trata de una cuestión de producción. Dice que los permisos para rodar en descampados son más sencillos de conseguir si, en vez de pactarlos con los funcionarios del Ayuntamiento, se negocian directamente con yonquis.

Pero salvo esta pequeña incursión, mi novia española y yo seguimos teniendo problemas entre nosotros.

Hace un mes le regalé un libro: *La teoría general de la ocupación, el interés y el dinero*, del economista John Maynard Keynes. Pues bien, en todo este tiempo, no he conseguido que le hinque el diente.

Le insisto, pero la tía no pasa de la página uno.

Veo con dolor cómo lo va dejando con disimulo en la mesilla, o cómo lo arrambla junto a la pila de libros del comedor.

Cuando le pregunto, me dice que el texto se le hace arisco. En cambio, la biografía de una tal Belén Esteban se la ha zampado de una sentada.

¿Es o no es para mosquearse?

Entre nosotros se libra un pulso soterrado. Tal vez sea porque venimos de países diferentes. O como he dicho antes, porque existe una brecha de edad. Sandra no puede resistirse y cuando me pongo pelma y le digo lo que hay que hacer o me quejo de su falta de disciplina, del caos de braguitas repartidas por los aparadores, me hace el saludo alemán con el brazo en alto. Sin embargo, en cuanto permito que la cosa se enfríe y comienzo a pensar con calma, me digo que tengo que dejar de meterle la cultura con calzador, si la chiquilla no es de libros, ni de cine, ni de teatro, ni de música, ni de arquitectura, ni de pintura, ni de museos, tendré que aceptarlo.

Sandra se defiende y me dice que los alemanes pecamos de arrogantes, que nos creemos que somos los mejores en todo, pero que después vamos y perdemos todas las guerras. Su comentario me duele. Para hacer sangre, añade que somos un país rico porque ya no destruimos nada y así ahorramos.

Quizá Sandra tenga algo de razón. Pero a los germanos no suele gustarnos que otros pueblos nos digan cómo se hacen las cosas.

Sin embargo, hago esfuerzos. Y poco a poco intento salirme de mis propios esquemas. No me resulta fácil. No. Para un español es diferente, porque desde que son pequeños la vida les obliga a ser creativos. Por ejemplo, entran al retrete de un bar, van a hacer caca y, cuando se dan cuenta, no hay papel. ¿A qué se ven obligados si quieren limpiarse? A IMPROVISAR.

A diario, los españoles son sometidos a pruebas similares. Todo está orientado a crear individuos de reacciones ágiles y de probada resistencia a la adversidad. Hasta los parques infantiles siguen el viejo ideal espartano de educación. Para producir niños fuertes, los columpios siempre se colocan al sol. Y claro, todas esas circunstancias ambientales han ido modelando las mentes hasta llegar al país que conocemos ahora.

11.00 P.M.

Poco a poco, este país me ha ido enamorando. Es una pena que la Universidad de Heidelberg carezca de fondos. Me habría encantado visitar otras zonas geográficas. Siento que me dejo demasiados lugares en el tintero. Entre otros destinos, me quedo con ganas de visitar la Ciudad de las Artes y las Ciencias, creada por el famoso arquitecto Santiago Calatrava, una obra vanguardista que ha permitido transformar Valencia en una población que no puede pagar sus deudas.

Hay que reconocer que España es un festín para los sentidos. Y últimamente también para los periodistas especializados en corrupción. Por desgracia, mi recorrido se ha centrado en el turismo de alpargata. Me gustaría regresar aquí con dinero y comprobar si la actitud de los camareros conmigo es otra. Más amable. Por ejemplo, el otro día me crucé con una limusina que aparcaba en el hotel Villamagna, un establecimiento de lujo de la capital. De ella se bajó un magnate de Arabia Saudí y el camarero no le dijo: «Eh, tú, moro pestoso, aquí no entres».

11:39 P.M.

Como necesito airearme, me bajo a la terraza de abajo mientras dejo a Sandra enganchada a su whatsapp. Ya junto a la barra, me pido una cerveza bien fría. De manera casual, me topo con el novio de Noemí. Me saluda. Es un tipo magro, con bigote, que trabaja de administrativo. Alguna vez ha venido a casa. Al ver mi aspecto apesadumbrado, me pregunta qué me ocurre.

—Hemos discutido —le cuento en inglés.

Entonces me pone la mano en el hombro y me responde:

—*You are a lucky man.*

Eres un hombre con suerte.

Arqueo una ceja, me quedo algo perplejo. Pero él añade:

—Lo tuyo con Sandra no es nada grave. Fíjate en mi relación con Noemí. Me tiene siempre de acá para allá, viendo esas puñeteras obras de microteatro, que estoy ya hasta los cojones, ¿es que la gente no puede pasarse sin escribir esas malditas obras de ocho minutos? ¡Por Dios Santo! Eso por no hablar de cuando vamos a ver los cortos de sus amigos, esas cagadas en blanco y negro que duran una eternidad. ¡Joder, no me hace falta trabajar en la ONU para saber que Noemí está vulnerando mis derechos humanos!

Entonces le miro y sonrío. Y pienso que, después de todo, compartir con los amigos las cosas que nos pasan no es tan mala idea.

00:02 P.M.

Como apenas he viajado, no puedo comparar lo que sucede aquí con lo que ocurre en otros países. Pero en pocos lugares el turista se encuentra con tantas emociones inesperadas, y lo digo ahora, mientras voy a la comisaría porque me han robado por segunda vez la cartera.

LUNES 4 DE AGOSTO

10:04 A.M.

Suena el teléfono. Es Bruno, nuestro clon de Freddie Mercury.

—Acaba de colgar una foto en su Facebook.

—¿Quién? —pregunto extrañado.

—El profesor Klaus.

Me quedo ojiplático.

—Está en Canarias —añade Bruno—. Se ve la ubicación desde la que se ha conectado.

—¿En serio?

—Como te lo cuento.

De pronto, me viene la ansiedad. Esto no estaba previsto. Klaus ha vuelto a dar señales de vida. Medito durante unos instantes:

—Bien, nos pondremos en marcha. Ahora te digo algo —replico.

En su momento, hice una búsqueda en Google y descubrí que estas islas, situadas frente a la costa del Sáhara, reciben doce millones de visitantes al año. De ellos, un 21% son alemanes. Casi dos millones y medio de conciudadanos. Desde el principio pensé que debía visitar las Canarias. Pero por motivos presupuestarios, decidí que era mejor conocerlas a través de las fotos de Google Street View.

Me sorprendió la diversidad de sus paisajes. No es lo mismo el aspecto lunar de Lanzarote y las suaves playas de Tenerife que el frondoso vergel de La Gomera. Como anoté en mi informe:

> *La economía canaria se sustenta sobre el turismo. Pero se complementa con el robo de frutos de las huertas, la caza furtiva y la mendicidad.*

Indagando un poco, en su día descubrí que la población de este enclave se originó por la mezcla de guanches, genoveses, flamencos, ingleses y judíos. Una amalgama muy curiosa, pero que ha dado lugar a camareros muy lentos.

11:38 A.M.

Bruno me manda otro mensaje. El profesor Klaus ha seguido subiendo fotos. ¡Guau! ¡Algunas están tomadas desde el balcón de su habitación!

Sandra cree que se trata de la pista más sólida que hemos tenido hasta la fecha.

—Aquí dice: «Hace un minuto en La Orotava» —me explica señalando la pantalla.

—¿Qué es eso?

—Un municipio que se encuentra en las faldas del Teide, junto al volcán. Tenemos que ir a Santa Cruz de Tenerife, Helmut. No sólo vas a acabar tu informe, sino que por fin vamos a encontrar a tu profesor fugitivo.

Oír aquello fue un auténtico subidón.

12:05 P.M.

Como no tenemos tiempo que perder, le pedimos al taxista que, para ir al aeropuerto, se ahorre el tour por las poblaciones de Alpedrete, Cuenca, Guadalajara y Toledo. El buen hombre lo negocia y nos cobra sólo 500 euros.

12:30 P.M.

Sentado en el avión, me tomo una pastilla para dormir y cierro los ojos.

Si hay más disgustos, no quiero verlos.

04:29 P.M.

Aterrizamos.

Mientras avanzamos a bordo del taxi, estudiamos el mapa de la ciudad. Lo típico. Iglesias: 32. Bibliotecas: 3.

05:15 P.M.

Ya en el hotel, dejamos las maletas en la habitación. Después tomamos un pequeño tentempié: papas con mojo picón y ensalada. En los postres, Sandra le prohíbe al camarero que me traiga una tarta al whisky. Sin consultarme, me la cambia por la fruta local: el plátano.

En la caminata para bajar el almuerzo, observamos las magníficas playas y comprobamos que el servicio municipal de limpiezas está actuando con diligencia al cubrir con arena los vómitos que dejaron ayer los turistas.

05:28 P.M.

El amigo de Sandra nos telefonea:

—¡Klaus ha subido otra foto! ¡Se le ve haciendo el signo de la victoria con los dedos! ¡Parece que lleva un buen pedal!

Nos conectamos y trasteamos un poco hasta entrar en su muro de Facebook. En la imagen, colgada hace unos minutos, se le observa en una tumbona tomando mojitos y caipiriñas.

Sandra amplía la foto. Al fondo se ve el nombre de un chiringuito: CASA FUENSANTA. Bajo el toldo, adornado de gambas rojas, aparece un número que contiene el prefijo de la isla. El primer instinto de mi novia es marcarlo para preguntarle al dueño si hay un cliente con el aspecto de Klaus en la terraza de su local. Pero como esperábamos, llamamos y nadie nos coge el teléfono.

05:40 P.M.

Salimos a la calle a toda leche. Por razones de volumen y edad, Sandra me lleva cientos de metros de ventaja. Yo voy detrás, bamboleándome, sudando como un pollo y casi sin aliento.

Mi novia identifica el autobús que conduce a la playa:

—¡Aquí! ¡Es este!

Lo abordamos antes de que abandone la parada. En cuanto entro, me hago con mi propio espacio y obligo a la clientela a viajar con la cara aplastada contra el cristal.

05:45 P.M.

Cinco minutos después, descendemos en otra zona del paseo marítimo.

—No veo nada. ¿Dónde está?

Recorremos el paisaje con la vista.

—Se ha esfumado —le digo, mirando una y otra vez a izquierda y derecha.

El lugar anda repleto de vendedores de pulseras de hilo, saltimbanquis y turistas. Aparto a la gente con la mano, como si fueran liliputienses, pero sigo sin distinguir la espigada figura del profesor Klaus.

¡Oh, Dios! ¿Qué ha pasado ahora? ¿Dónde narices estará?

MARTES 5 DE AGOSTO

08:01 A.M.

El fracaso de la operación hace que me tire toda la noche dando vueltas en el colchón.

A eso de las siete de la mañana, estuve a punto de pegar una cabezada, pero el sonido de los aspersores del césped, con su chuchú monocorde, me despertó.

Durante el desayuno en la terraza, Sandra vio mis ojeras y me dijo que dejase de darle tantas vueltas al tarro. Si quiero que mi informe sea bueno de verdad, debo permitir que el país, las playas, su mar me empapen de una puñetera vez.

—¡Ábrete, Helmut! —me insiste—. ¡No es bueno andar todo el día preocupado!

—Ya lo hago —le replico—. ¡Pero la fecha se nos echa encima! ¡Y el éxito se nos escurre entre los dedos! Si me presentase en Heidelberg con el profesor Klaus, seguro que la universidad me renovaría el contrato. Es más. Ganaría muchos puntos ante mis colegas del departamento.

—Me parece bien —opina ella—. Pero las personas no pueden pasarse todo el santo día pensando.

Puede que Sandra tenga razón. Necesito ver el mundo con otros ojos: dejar que mi mente descanse, tomarme un par de mojitos y adoptar una actitud más cercana al zen.

Cuando tuvimos nuestra ruptura, pasé unos días de asueto. Me desmelené. Pero desde entonces, todo ha sido un darle a la tecla y no parar de trabajar.

—Haz como ellos —me apunta, señalando los cientos de personas que ahora se abrasan bajo las tumbonas—: Úntate crema, no leas periódicos, compra un *best-seller* de aeropuerto. De esos que tienen una sola idea y la repiten a lo largo de cuatrocientas cincuenta y seis páginas. Y luego no le des tanta importancia al tiempo. Fuera horarios, Helmut. Duerme hasta que las sábanas te hagan daño. Y, por lo que más quieras, haz más esfuerzos por comunicarte con la gente.

—Pero... es que... me cuesta tanto.

—Ya, pues tendrás que empeñarte un poco más.

—Vale, lo intentaré —le respondo.

—Se puede aprender mucho de las personas —prosigue ella—. En el norte de Europa los seres humanos os educáis con los libros, pero en el sur aprendemos cotilleando mucho unos de otros. Es así como adquirimos nuestra educación.

—Pondré más empeño —le digo.

—¡Y por lo que más quieras, desconecta la Blackberry de una maldita vez!

08:37 A.M.

Cuando Sandra se mete en la ducha, permanezco un momento meditando. Por fin comprendo que el tema de este viaje ha sido el dilema entre el placer y el deber. Y que me he pasado todo el rato tratando de decidirme entre uno y otro. Comido por los remordimientos, diciéndome: «Céntrate, Helmut. Vuelve al teclado».

Cerrando los ojos cuando mi novia se paseaba en braguitas y yo decía: «Ay, Virgen Santa». En mis peores pesadillas, pensaba que mi estudio se iba al garete y que la universidad me ponía una demanda, y que yo acudía al tribunal y le decía al juez:

—¿Cuál ha sido el delito, señoría? De acuerdo, no hice un buen informe. Pero mire a esta chiquilla. Tiene veintiséis años. ¿La ve bien? Observe sus muslos. Estudie sus caderas. Fíjese en su pecho. Bueno, basta de mirarla de esa forma. Que se le salen los ojos. Córtese un poco, señor juez. ¿Me entiende ahora? ¡La culpa es de la biología!

Sin embargo, muchos de mis defectos vienen de antiguo. De pequeño yo era el típico tío que le grababa a mis compañeras de curso casetes con canciones románticas. Se me acercaban todo el rato, pidiéndome que les hiciese una copia del *Say you, say me* de Lionel Richie o de la *Balada para Adelina* de Richard Clayderman. Así que me pasaba las tardes pegado a la pletina, realizando los encargos para Greta, Maria o Angela. Mi padre protestaba porque las cintas valían un dinero. Y que yo luego me pasase la noche de los sábados en casa demostraba que no sabía sacar ningún rendimiento a mi inversión.

11:39 A.M.

Sandra viene a recogerme y nos marchamos caminando.

Acostumbrarse al calor húmedo y a la pegajosa sensación de bochorno no nos resulta nada fácil. Es una pena que los fondos de la universidad no me permitan visitar los cruceros de lujo, los Paradores Nacionales, las fincas privadas con aljibe u otras maravillas. Si miro hacia atrás, compruebo que mi opinión del país ha mejorado muchísimo. La cantidad de horas de sol al año junto con las delicias gastronómicas me han ido doblegando.

Eso sí, a medida que han ido pasando las semanas, he ido obteniendo un retrato bastante fidedigno de las fortalezas y debilidades económicas de esta gran nación. Basta con echar un vistazo a sus comercios para comprender que los empresarios españoles invierten muy poco en el desarrollo de sus propios negocios. Les falta capital y por ello se ven obligados a simultanear tareas como la contabilidad, la atención al cliente o la mera promoción.

He aquí una muestra: el propietario del restaurante Casa Manolo decidió ahorrarse unos euros en su propio márketing y, con la ayuda de un diccionario *online*, escribió en alemán la carta del bufé. Dice así:

Casa Manolo. La restaurante bonita con comidas de usted fileta patatas y mercromina.

Un mensaje que deja perplejos a sus potenciales clientes.

02:21 P.M.

Hoy durante el almuerzo he descubierto el peso que la Inquisición ha dejado en la cultura gastronómica del país. No hay más que ver lo que se hace con las langostas. Las echan al fuego, las abren en canal, les rompen las patas, les quiebran el pecho, escarban su interior con un punzón y, con la ayuda de pequeños alicates, se trocean sus juntas. Bárbaro, sí. Pero también muy rico.

05:01 P.M.

Café con hielo y té helado en la terraza del Club Náutico. En los periódicos me topo con una información escandalosa: le han dado una beca a los hijos del presidente del Gobierno. La oposición ha montado un buen pollo. El ministro de Cultura se ha visto obligado a dar explicaciones. Según él, los hijos del presidente tienen derecho a recibir una beca, ya que estas se conceden a niños cuyos padres no trabajan.

05:36 P.M.

Recuerdo que al pisar suelo español, sentí que este pueblo necesitaba un duro correctivo. En especial en el apartado de «homologación de horarios y costumbres».

Pero la estancia aquí ha hecho que matice mis ideas. Por ejemplo, antes pensaba que la población autóctona era menos productiva porque sus desayunos resultan poco calóricos. Creía que si la gente se zampaba un puré de patatas, unos huevos estrellados, unas salchichas, cuatro lonchas de beicon, un bol de guisantes y unas tostadas de pan con cereal, no andaría desmayada a media mañana y no tendrían que bajar al bar de la esquina a eso de las doce. Pero después he comprendido que existe todo un ecosistema económico alrededor de la costumbre de desayunar poco. Si los españoles desayunasen de manera más contundente, no tendrían que bajar a picar algo y se produciría el cierre de 1 millón de bares.

MIÉRCOLES 6 DE AGOSTO

11:49 A.M.

Le he hecho caso a Sandra. Ya es hora de abandonar la seriedad. Hoy llevo unas bermudas con estampados de cuadros escoceses, calcetines negros con las zapatillas Nike y una camiseta rosa fucsia. El color ha tomado mi indumentaria.

Miro hacia atrás en el tiempo y me veo la primavera pasada, en Heidelberg, con mi maletín de cuero y mi pantalón gris subido por encima de la cintura.

Me recuerdo comprando congelados en el supermercado de la Bismarck Place y siento que mi otro yo era lo más parecido a un viejo Skoda.

Hoy, en cambio, ha desaparecido en mí ese titubeo del hombre de letras enclaustrado en su despacho. Las gafas de sol compradas en una tienda de baratijas me dan cierto aire de impunidad. Aunque mi piel se ha pelado varias veces y de mi frente, mi nariz y mis hombros cuelgan pellejos de tejido muerto, hay que reconocer que el sol ha obrado sus efectos euforizantes.

Mi moral ha aumentado en un 423 %.

01:34 P.M.

Siguiendo con mi investigación sobre el turismo familiar, repaso la oferta de parques de atracciones. Aunque Sandra quería visitar el Parque Nacional del Timanfaya o los Jameos del Agua, finalmente se pliega a mis intereses. Visitamos el Aquapark, donde uno de los mayores placeres es hacer amigos durante las largas colas de acceso. Para finalizar, Sandra propone que inspeccionemos el Rancho Texas Lanzarote Park, dado que muchos turistas son amantes de la naturaleza.

El centro recreativo se encuentra en mitad de un secarral, a unos cientos de metros de una autopista. El sol impacta sobre el hormigón y el viajero recibe sobre su rostro oleadas de fuego. Si tuviera que destacar algo, sin duda sería el buen gusto que han tenido al hacer que el cemento y el hormigón inunden todo el campo visual, recordándole al animal que ya no se encuentra en su medio y que, de aquí hasta que se muera, no le quedará otra que obedecer la ley de los hombres.

Por desgracia, en todo nuestro recorrido no encontramos ninguna zona de sombra. Dentro del recinto, la búsqueda de cipreses, nogales o sauces resulta infructuosa. Al borde de la extenuación, y con las neuronas formando ya un caldo similar al batido de coco, Sandra y yo nos sentamos en un banco a plena luz, achicharrándonos el lomo mientras nos abanicamos con la publicidad de un folleto de rebajas del Media Markt.

Serían las dos en punto de la tarde cuando pudimos ver cómo las focas, los pingüinos, los osos marinos y las morsas del acuario de enfrente, todos muy fresquitos, nos observaban con cara de compasión.

02:17 P.M.

Como tampoco hay sombrillas, Sandra extiende la crema protectora factor 50 alrededor de la montaña que es mi cuerpo. Aprieta el gatillo y un pastoso chorro azul sale disparado contra mi piel. Luego la expande con esfuerzo, pasando las manos arriba y abajo como si amasara un pan.

Por primera vez en todo mi periplo, me siento querido, apreciado.

Veo que alguien me cuida y creo que eso es algo que necesitamos todos los seres humanos. No hay nada como saber que le importas a alguien. Que lo que haces tiene algún sentido.

02:37 P.M.

Decidimos marcharnos a almorzar.

Pero en todo el recinto no vemos más que bocadillerías y puestos que sirven paella requemada.

Sandra le pregunta a una azafata si podemos salir fuera a buscar un restaurante. Pero la muchacha se rasca el culo, se saca el elástico de las bragas de la entrepierna y le dice que no.

Empiezo a pensar que los parques recreativos se parecen mucho al matrimonio: una vez que te tienen dentro, hacen contigo lo que quieren.

06:20 P.M.

Regreso a la tarea porque el plazo de entrega se acerca. En un receso del trabajo, le explico a Sandra que el origen de todas las desgracias que afligen a su nación se remonta a finales de los años ochenta, cuando España decidió desmantelar toda su industria para centrarse en la fabricación de concursantes de *realities*, estrategia que, por desgracia, no ha ejercido de locomotora del resto del país.

Ella me cuenta que tiene entendido lo contrario, pero yo le muestro las gráficas de contabilidad nacional y luego las curvas con inversiones en Inversión + Desarrollo —desde 1980 hasta 2013— y a ella casi le da un soponcio.

Le explico también que los Reyes Católicos expulsaron a los musulmanes, con sus avances en agricultura, y a los judíos, con su dominio de las finanzas. Teniendo en cuenta que el resto de población emprendedora se marchó a hacer las Américas, aquí sólo quedaron los curas, los tontos y las monjas que hacían mazapán.

Jueves 7 de agosto

07:00 P.M.

Comienzo a trabajar en las consideraciones finales de mi informe.

Durante la jornada de la mañana (unas 4 horas) me llaman 13 veces por teléfono, me mandan 56 emails, 21 tuits, 4 SMS, 49 mensajes de whatsapp, 24 invitaciones a Farmville y 1.115 actualizaciones de Facebook. Además, mi portero automático suena unas 8 veces, y le abro a un joven chino que me anuncia: «*Caltelo comelsial*».

Esta experiencia me ha llevado a elaborar el siguiente gráfico:

Valor que los españoles otorgan al tiempo propio	= 1.000.000 euros
Valor que los españoles otorgan al tiempo de los demás	= 0 euros

Viernes 8 de agosto

9:43 A.M.

A base de persistencia, Sandra ha localizado el hotel desde el que el profesor Klaus colgó las fotos en Facebook. Ha preguntado por él en recepción y le han dicho que alquiló una casa en las afueras. Al parecer, pidió que le mandasen las facturas allí. Gracias a su carisma y a su capacidad para volver locos a los hombres, mi gitana ha logrado seducir al encargado y este le ha dado la dirección.

Como en otras ocasiones fuimos víctimas del nerviosismo o de las prisas, ahora optamos por desarrollar un plan concienzudo para atrapar a Klaus. Tras estudiar algunos mapas y concretar la ubicación de su calle, creo que lo tenemos todo controlado. Esta vez nada puede fallar.

12:34 P.M.

Nos encontramos ante un chalet de estilo colonial, protegido por altos muros. La cancela de entrada —una verja negra— se halla cerrada. No nos queda otro remedio que saltar. Vamos a entrar en la casa sí o sí.

12:41 P.M.

Ahora mismo estoy subiendo por el canalón del desagüe, pero enseguida se desprende su parte superior y, como un churro fláccido, se dobla sobre mí.

—¡Déjate caer! —me sugiere Sandra desde abajo.

Así que suelto las manos. Que sea lo que Dios quiera.

Por fortuna, caigo de culo. Me noto dolorido, pero enseguida me subo el pantalón porque se me ve la hucha.

Después me sacudo las manos de gravilla y vuelvo a probar. ¡Juro por Dios que esta vez Klaus no se escapará!

12:48 P.M.

Segunda tentativa. Trepo, intento ascender. Pero no logro elevarme.

Mis dedos, tan gordos como morcillas, buscan un punto de apoyo en los pequeños resquicios del muro. Pero está claro que su grosor supone un terrible obstáculo.

En situaciones como esta, mis vibraciones cargadas de temor suelen atraer problemas. No es raro que al otro lado del muro se presente un dóberman o un guardia con una escopeta de perdigones. Sin embargo, no sólo he ascendido hasta las alturas, sino que he pasado al otro lado y he podido dejarme caer sobre un seto.

Me alzo, me sacudo las manos. Miro aquí y allá y titubeo unos instantes. Ante mí veo una casa de piedra con jardines frondosos. Parece que ya está.

01:00 P.M.

Entro en el salón. Despacio. Con sigilo. Al fondo distingo una hamaca que cuelga de un árbol. La suave brisa que baja de la montaña la mece con levedad.

De pronto, vislumbro una figura bronceada, con camisa celeste de lino, pantalón corto blanco y mocasines. Fuma de manera relajada y tiene la mirada clavada en el mar.

Al verme aparecer, su rostro se desencaja. Debe de pensar que soy un atracador.

—¿Quién es usted? —me grita, chapurreando en español—. ¿Qué hace aquí?

Levanto las manos como si fuese a rendirme ante las tropas aliadas. Y en alemán, le suelto:

—¡Disculpe! ¡Soy el profesor Helmut, del Departamento de Economía de la Universidad de Heidelberg!

Durante unos instantes, se hace un espeso silencio. Después veo cómo se le ensombrece la expresión.

—¡Vaya! ¡Por fin ha dado conmigo! Le felicito. Es usted un buen sabueso.

Contra todo pronóstico, Klaus se da la vuelta. Camina despacio hasta el mueble con bebidas. Disponiendo de todo el tiempo del mundo, se sirve un Martini. Después abre una botella de whisky, coge un vaso, le echa dos cubitos de hielo y me lo entrega.

—Dele.

—No, gracias, estoy de servicio —me excuso.

Pero el profesor hace un gesto vehemente para que yo agarre el copazo.

—¡No me sea merluzo, Helmut! ¡Estamos a cuatro mil kilómetros de Alemania! ¡Nadie se va a enterar!

De modo que me acerco y acepto la copa a regañadientes.

Entretanto, Klaus camina por el borde de la piscina. El agua brilla creando un juego de reflejos deslumbrantes. El sol se filtra bajo los pinos, pintando siluetas y sombras chinescas sobre el césped.

El profesor vuelve a contemplar este momento de vaporosa belleza y sonríe.

—¿Sabe? Hace unas semanas me encontraba en un cibercafé y leí algunos de sus mensajes.

—¡Vaya! ¿Y por qué no se puso en contacto conmigo? —le interrogo con severidad.

Klaus me mira como si yo fuese bobo. Deposita su copa sobre la tapa del piano, alza la ceja con ironía y replica:

—Porque desde hace tiempo todo me la pela mucho.

Al oír su respuesta, mi odisea me recuerda de pronto a *El corazón de las tinieblas,* de Joseph Conrad. Si lo pienso bien, me han enviado a una aventura africana en busca de un loco.

Mientras le doy vueltas a esta idea, observo la actitud del profesor. Le veo con sus pantalones pirata, con su pañuelo en la cabeza y su aspecto de viejo crápula. A continuación, da otro sorbo a su Martini y me dice:

—Verá, hace cinco meses recibí un encargo similar al suyo. Me dijeron: «Vaya a España y compórtese como un turista normal». Me ofrecieron bastante margen de maniobra. Decidí que para llevar a cabo un experimento así se precisaba una inmersión total. Un cambio de cabeza. Entiéndame. No podía dejar que la profesora Greta Achenbach me fiscalizase a cada minuto. Pensé que era necesario meterse a fondo en el personaje del turista despreocupado, ese que se levanta a las tantas y se pilla cogorzas que le nublan el sentido.

—Ya veo. Ha quedado atrapado por su personaje.

—No, no es eso —me responde—. Pero cuando se hace un experimento, hay que aceptar sus consecuencias, Helmut. Lo otro, como dicen por aquí, no es ni chicha ni limoná.

Klaus sonríe de manera serena y prosigue:

—Deje que le explique. Decidí que había que quemar las naves, enloquecer. Pero en Heidelberg se pusieron nerviosos. Si hay algo que les saca de quicio es no tener el control total. Los de la universidad siempre han querido ir de modernos, probar las últimas técnicas en disrupción, pero, en el fondo, les aterra cambiar de enfoque.

—Pero, bueno —lo corto—, a mí lo que me interesa es una cosa: ¿llegó a terminar su informe o no?

—¿Por quién me toma? Cuando uno se pasa cinco meses viviendo como un turista, ya está perdido para la sociedad. Sus células cambian. ¡Por supuesto que no terminé ese informe!

—¿Pero va a regresar conmigo a Alemania o no?

—Vamos a ver, Helmut, ¿ha dormido alguna vez bajo la sombra de un pino, colgando de una hamaca?

—Nnn... no... —balbuceo.

—Pues debería. Debería, Helmut. Dentro de un rato vendrán unos amigos para preparar una barbacoa. Si quiere, se queda a almorzar y luego se echa la siesta ahí enfrente. Ya verá qué gozada.

Sonrío. Klaus se está escabullendo. Intento reconducir la conversación. Así que le interrumpo:

—Ya. ¿Pero se puede saber qué ha hecho usted durante todo este tiempo?

—Vivir —me responde.

Le miro sin comprender:

—¿Vivir?

—Seré sincero —prosigue—. Cuando contemplas el amanecer y dedicas dos horas a desayunarte un cruasán, tu cerebro cambia. Como comprenderá, la mera idea de volver a la universidad, de pasarme la mañana frente a las fórmulas del Excel me parece tan agradable como masticar cristales.

—Entiendo... —digo viendo a dónde quiere llegar.

Klaus me mira entonces a los ojos y añade:

—Imagino, Helmut, que usted está pasando por lo mismo. ¿Me equivoco?

—¿Qué quiere decir?

—Muy sencillo. Llegas a un país que no conoces. Al principio, todo se hace indigesto. Después, te dejas invadir por su pereza. Más tarde, te conquistan por la tripa, o por el sol, o por sus mujeres. Sin darte cuenta, entras en contacto con tu yo animal. El que manda es tu cuerpo. A partir de ese momento, sólo quieres comer, dormir y fornicar. Basta con conocer a alguna jamelga, de esas que te clavan bien las uñas en la espalda, para no querer regresar a tu antigua vida ni loco. De ahí pasas con facilidad a bañarte desnudo en las calas de aguas turquesas. Y ya luego te haces un yonqui del bronceado, uno de esos que necesitan que el sol les abrase para generar endorfinas.

—Pero ¿a dónde quiere llegar? —le pregunto.

Comienza a ponerme nervioso.

Klaus me mira con severidad. Cavila unos instantes y luego añade:

—Helmut, sincérese. Después de haber vivido bajo un sol tan maravilloso, ¿quiere volver al puto frío? ¿Echa de menos la nieve?

No digo nada. Sé por dónde va. En más de una ocasión, yo también me he hecho la misma pregunta.

Pero entonces pienso en contraatacar:

—Me está sugiriendo que va a quedarse a vivir aquí, ¿no es así?

Klaus asiente beatífico.

—Suena muy bonito, pero, veamos, ¿de qué piensa vivir, *Herr Professor?*

Klaus suelta una carcajada y con una mirada brillante me dice:

—Desde hace unos días, soy relaciones públicas en una discoteca. Además, estoy terminando un curso de *disc-jockey.* Si a Paquirrín le salen bolos, también a mí.

Asiento.

El profesor continúa:

—Con mi dominio de los idiomas me irá bien. Y, créame, será un trabajo más entretenido que andar explicando las curvas de oferta y demanda en la universidad.

Al entender lo que propone, me quedo atorado. Es como si los ladrillos de un sólido edificio se viniesen abajo.

Balbuceo.

—Pero... es increíble. No... no puede ser. ¿Va a abandonarlo todo? ¿Y qué va a hacer con el dinero que le adelantaron? —le pregunto—. ¿Acaso no piensa devolverlo?

—Querido Helmut, si respondo de mis deudas, seguiría comportándome como un buen alemán. Y ya le he dicho que no. Que acabo de abrazar el mundo latino con todas sus consecuencias.

Sábado 9 de agosto

07:32 A.M.

Tal y como había prometido, el profesor Klaus me invitó a su barbacoa. Así que salí un segundo del chalet para buscar a Sandra y regresé. Siendo sinceros, la carne estaba para chuparse los dedos. Después mi novia y yo pudimos echarnos la siesta, meciéndonos bajo la hamaca que colgaba de los pinos. Más tarde, claro, vino la merienda. La estiramos tomando copas y dándonos un chapuzón en la piscina. Y casi sin darnos cuenta se nos echó encima la noche. Volvimos a llenar el buche y los invitados tocaron temas muy variados. Yo defendí la tesis de que los mendigos españoles eran muy buenos conversadores porque en su mayoría provenían de carreras de humanidades. En mi experiencia, apenas había conocido a mendigos con carreras de ciencias. En España los titulados en esa rama solían tener más suerte en la vida y, tras terminar sus estudios, acababan trabajando en locutorios.

Klaus compartió conmigo alguna de sus impresiones sobre el país. Me dijo que no acababa de encontrarle el punto al mundo de los toros y que no entendía por qué el diestro no llevaba ropa cómoda y unas zapatillas de deporte para poder huir del animal.

—El sentido económico de esa fiesta se me escapa. Es decir, no tiene lógica que el domador de un circo use el mismo león una y otra vez y que en los toros haga faltar reponer a un animal cada media hora. ¿No crees?

—Estoy de acuerdo —le dije—. Yo creo que lo sensato sería contar sólo con doce animales que se fueran rotando por todas las plazas para recibir malos tratos.

Klaus pensaba que un espectáculo similar podría funcionar en nuestro país. Pero que no se podría hacer con animales, dado que en Alemania se les trata mejor que a los turcos. En cambio, quizás pudiese hacerse algo con turcos.

A medida que charlábamos, me daba cuenta de que la conexión que sentía con el profesor era cada vez mayor. De una u otra forma, los dos proveníamos de la misma disciplina, habíamos nacido en Baviera y nuestra experiencia española nos había transformado de los pies a la cabeza. Ahora yo me encontraba ante el dilema de volver a mi antigua vida. Una vez más, tenía que hacer el mismo tipo de elección que había estado tomando a diario durante todo este tiempo. ¿Qué iba a elegir? ¿El placer o el deber?

Por eso esa noche, en cuanto llegué a mi habitación, me senté frente al ordenador para aclarar mis ideas. Apenas dormí tratando de encontrar las palabras oportunas. Pero logré escribir la siguiente carta a mis superiores en la universidad:

Lanzarote, 9 de agosto de 2014

Estimada profesora Achenbach:

Aquí Helmut. Tras varios intentos infructuosos, esta mañana he logrado echar al Correo mi informe sobre el turismo en España. Mientras tanto, espero que en los días sucesivos puedan encontrar a algún profesor que quiera leerlo en público. Como ya le dije anoche por teléfono, he decidido que lo más sensato, y lo menos agónico, es evitar que yo acuda a su presentación. Entre otras cosas, porque después de pasar una temporada haciendo estudios económicos, he decidido quedarme en Canarias para ganarme la vida con la cerámica.

La verdad, nunca le agradeceré lo bastante que pensara en mí para su encargo. Gracias a él, me noto más vivo, más seguro. El café purgante español, las ensaladas de lechuga y las diarreas obtenidas en los chiringuitos han ido puliendo mi figura y resignando mi carácter.

Ya no me altero tan fácilmente, ni me pongo tiquismiquis con la gente que no es puntual. Tampoco me inmuto cuando los trenes no llegan a su hora ni cuando las cosas no funcionan como deberían. En este tiempo, mis hábitos alimentarios han cambiado. Ya no como codillo, ni salchichas de Viena, y en mi día a día he aprendido cosas importantes, como que no es bueno ponerle salsa alioli al gazpacho.

Como le digo en las conclusiones finales de mi informe, no creo que el sector turístico en Alemania pueda aumentar de manera notable su aportación al producto interior bruto nacional. No a menos que permitamos emigraciones masivas de gitanos que se mezclen de manera aleatoria y durante varias generaciones con la población autóctona germana.

¿Por qué digo esto? Porque considero que el principal atractivo de España, junto con su clima, es su falta de rigor.

Algo que se observa en la aplicación de las leyes, en el horario de sus trenes o en la elección de sus presidentes.

Sinceramente, esa falta de rigidez es algo que el turista aprecia. Al fin y al cabo, el viajero pasa en este país una media de nueve días. Y para cumplir a rajatabla unas normas ya están la escuela, el trabajo, el ejército o el matrimonio.

Estando aquí también he llegado a la conclusión de que en Alemania la presión de la sociedad sobre el individuo es demasiado fuerte. Por ejemplo, cuando siendo niño acudí al colegio en Núremberg, jamás se me permitió tutear al profesor. En cambio, en España lo natural es que el alumno le tutee. Es más, los españoles no marcan distancias entre maestro y alumno. Entre ambos se fomenta siempre un sano diálogo. Y si un profesor suspende a un chico, este suele invitarle a que razone rajándole las ruedas del coche.

Yo mismo he hecho en este país cosas que en otra civilización parecerían una locura, como llevar al perro suelto sin correa o cruzar semáforos en rojo. También es cierto que el grado de barbarie española no suele entrañar demasiados peligros físicos y que la posibilidad de ser secuestrado varía mucho según qué barrio.

Pero quiero profundizar un poco más. En mi opinión, el planeta no es más que un trozo de roca que flota en la oscuridad. Descubrimientos recientes demuestran que la galaxia tiene forma de cacahuete. Así que, con estas referencias, no merece la pena tomarse la vida con excesiva gravedad. Por eso le ruego que no se indigne y entienda lo que le quiero decir.

Seamos honestos: la rigidez normativa alemana espanta a millones de turistas, seres humanos que intuyen —en lo más profundo de su ser— que la vida no son más que cuatro días y que lo mejor que se puede hacer con ellos es pasarlos borrachos, fornicando y orinando por las calles. ¿Ve a dónde quiero llegar?

Tal y como sugiero en mi informe, competir con los atractivos gastronómicos, la sensación de caos y el estado de fiesta perpetua que ofrece España va a resultar espinoso. Si siguiésemos el modelo japonés o chino de plagio industrial, podríamos intentar organizar miles de romerías parecidas al Rocío, las Fallas, los Sanfermines, el Día de la Cruz o los Carnavales. Pero me temo que vestir a millones de ciudadanos alemanes con batas de cola, trajes de rejoneador, botos y sombrero cordobés no sólo tendría un elevado coste psicológico, sino que, probablemente, conduciría a una quiebra directa del estado del bienestar.

Usted me preguntará: ¿entonces *por qué viaja la gente a España? ¿Por su comida, por su gente, por su clima soleado o por la facilidad para practicar sexo?*

Deje que le diga algo. En cuestiones eróticas no puede decirse que este país sea el paraíso. Yo diría que su facilidad para la coyunda es más bien un mito. A decir verdad, las españolas mayores de dieciocho años suelen hacerse las estrechas. El forastero encontrará mucha mayor disposición si las chicas tienen dieciséis o diecisiete años, no tienen estudios y ya fuman. Informes recientes abundan en esta tesis. Como en cualquier otro país europeo, los adultos españoles obtienen una pobre ración de coitos al mes. Estos se cocinan de manera lenta, mediante un sistema de puntos que las mujeres otorgan a sus parejas a medida que ellos realizan acciones conmovedoras como tender la ropa, fregar los platos o recoger la mesa.

Aunque parece todo lo contrario, tampoco puede afirmarse que España sea el paraíso de la flexibilidad. Si nos vamos al terreno de la política, veremos que sus institucio-

nes se encuentran bastante agarrotadas. Y, por lo que he comprobado, las personas no pueden ascender socialmente si no son folclóricas, toreros, deportistas, tertulianos mariquitas en televisión o ganadoras de un reality show.

No se crea, por tanto, que esto es jauja y que aquí no se dan valores como la tenacidad. Por ejemplo, los alcaldes de muchos pueblos suelen mostrar constancia, firmeza y tesón a la hora de no abandonar su puesto cuando se les inculpa por corrupción.

Hay que añadir, claro, el asunto del clima bajo el que uno quiere vivir. En mi caso, he tenido las dos experiencias y, créame, es mucho mejor bañarse en pelotas en una cala de Mallorca que caminar bajo la lluvia de octubre en Bremen.

Por otro lado, quiero dejar claro que la calidad de los servicios que este país brinda a los viajeros es similar a la que brinda a sus propios habitantes. Es decir, mala. Dichos servicios sólo mejoran en caso de huelga, ya que la ley obliga a que funcionen en un 30 %, y eso ya es mucho más que en un día normal.

Y, ya por último, queda la cuestión de nuestro idioma. ¿Para qué nos vamos a engañar? El alemán es difícil. En términos de gestión del tiempo, es lógico que Alemania no sea un gran destino turístico. Al turista le sale más rentable ir y volver a China que pronunciar palabras como Rindfleischetikettierungsüberwachungsaufgabenübertragungsgesetz.

Lamento pues informarle de que no veo posible trasladar muchas enseñanzas del caso español a nuestro país. Mientras sigamos teniendo ese clima y una lengua tan enrevesada, los turistas no vendrán en masa.

Pero en lo personal, vuelvo a agradecerle que pensara en mí. Mi vida ha cambiado profundamente gracias a ello.

Ahora tolero fallos humanos e incluso me río cuando los camareros me estornudan sobre la paella. Por si fuera poco, le he perdido el miedo a instituciones como el matrimonio. Como le dije por teléfono, en unas semanas me casaré con Sandra, mi intérprete y guía durante toda esta maravillosa etapa. Vamos a fundar nuestro hogar en Canarias. A decir verdad, todo tenía una pinta estupenda hasta que anoche mi futura esposa me dijo que su madre se vendría a vivir varios años con nosotros.

Por último, aunque sé que va a llevarse un disgusto y que va a pensar que soy un mal alemán, debo confesarle que soy muy feliz cada vez que cruzo una calle con el semáforo en rojo.

Sí, ya sé lo que estará pensando: «¡Ay, qué país!».

Pero de todas formas, le mando un beso muy fuerte. Y una caja de galletas para el profesor Otto Rackords.

Suyo siempre,

Profesor Helmut.

¡Gracias por todo!